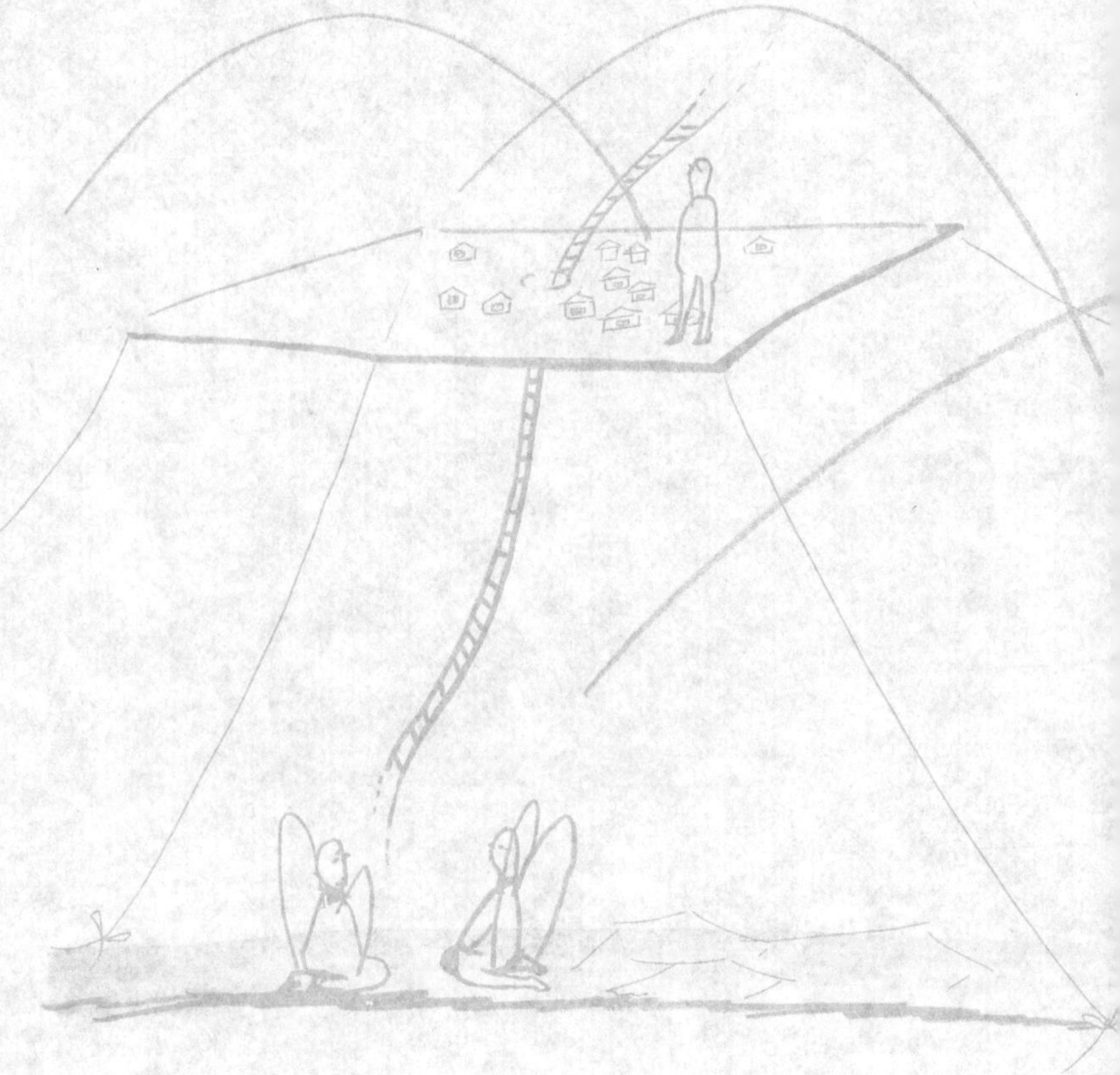

二重のまち、

瀬尾夏美

二重のまち／交代地のうた

目次

二重のまち

二〇三一年　春

ぼくの暮らしているまちの下には
お父さんとお母さんが育ったまちがある
ある日、お父さんが教えてくれた

ぼくが走ったり跳《は》ねたりしてもびくともしない
この地面の下にまちがあるなんて
ぼくは全然気がつかなかった

下のまちの人はどうしているの、とたずねると
お父さんは、ぼくをまちの真ん中の広場までつれていった

そこはぼくが友だちと遊びにいく、いつもの広場
広場の真ん中には大きな石碑がある

お父さんについて石碑の裏に回ると、ちいさな扉があった
こんな扉があるなんて、ぼくは知らなかった

扉を開けると、足もとに階段がある
ぽつぽつと電灯が灯っていて、ずっと下まで続いている

お父さんと一緒に階段をおりる
足をおろすたびに、コン、と、くぐもったような音が鳴る
その音がたのしくて、ぼくは、うす暗くても怖いとは思わなかった

いったい何段おりたのだろう
だんだん明るくなってくる
下から風が吹いて、つよい香りがする
階段の終わり

広い、広い、一面の花畑がそこにある
色とりどりの花
ひまわりもあれば、コスモスもある
チューリップの横には、背の高いすすきがある
さまざまな季節が、ここに、一度にある

見わたすと、ぽつりぽつりと人影がある
顔はよく見えない
みんなしずかに、ゆっくりと歩いている

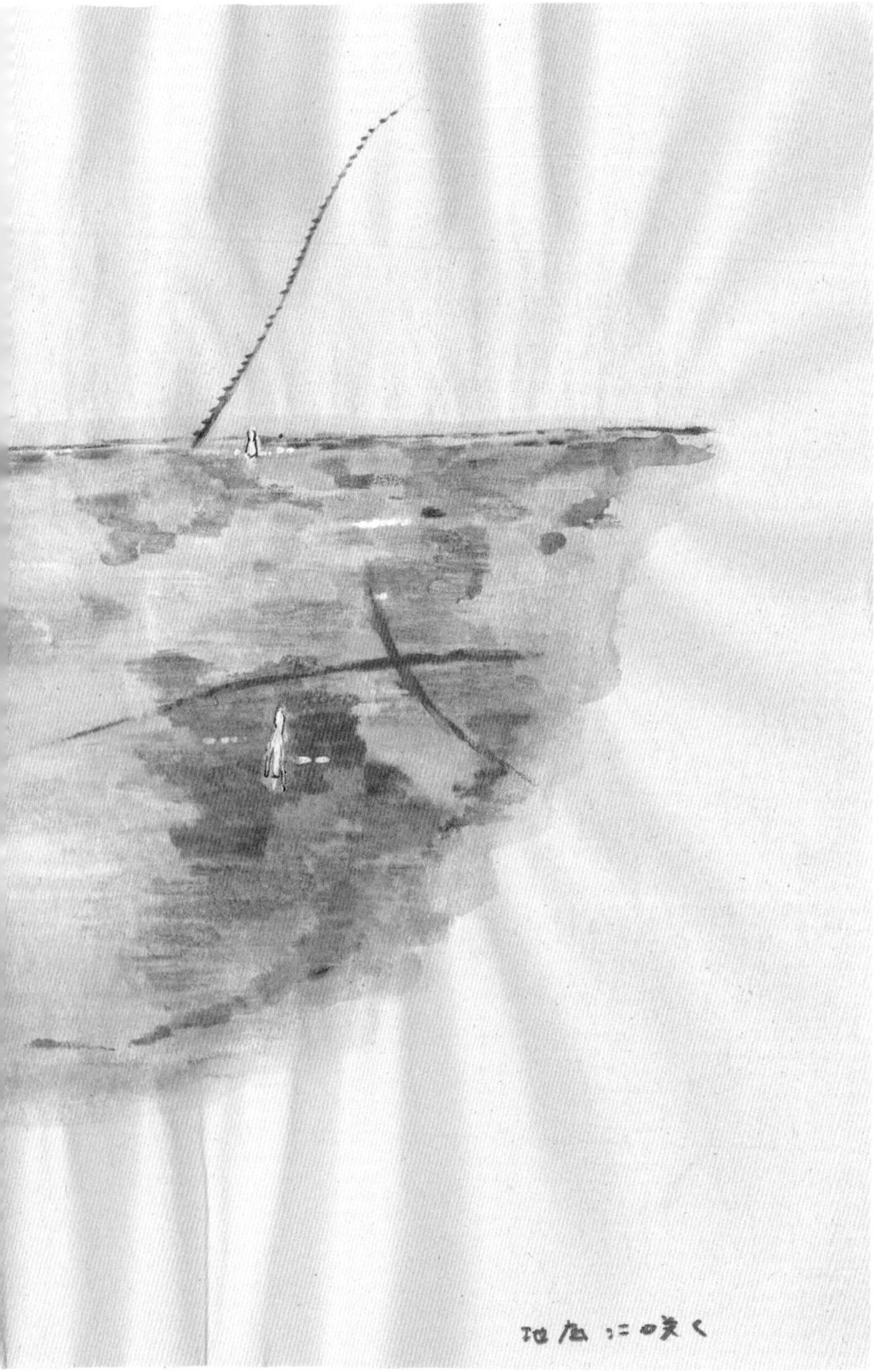
地底に咲く

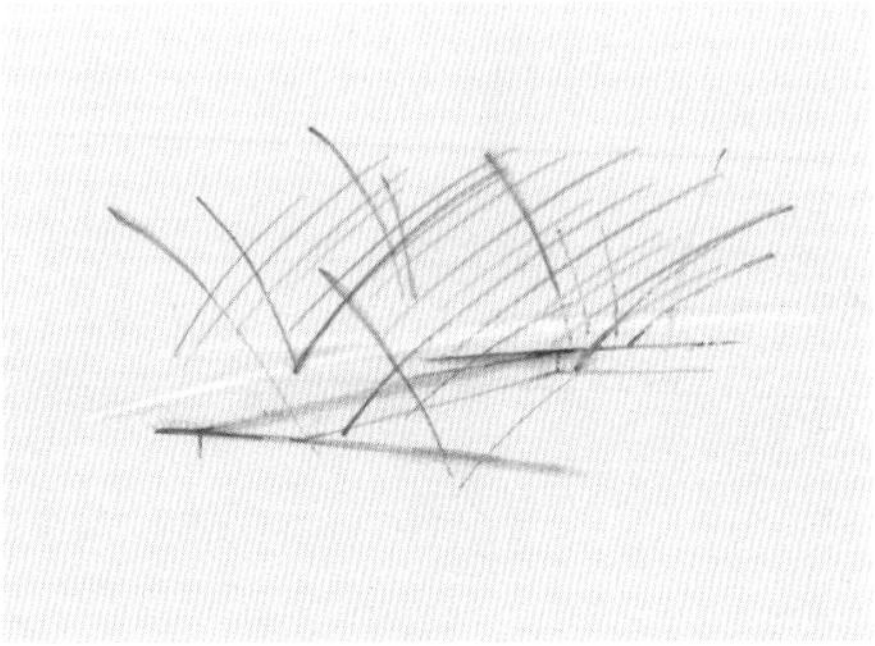

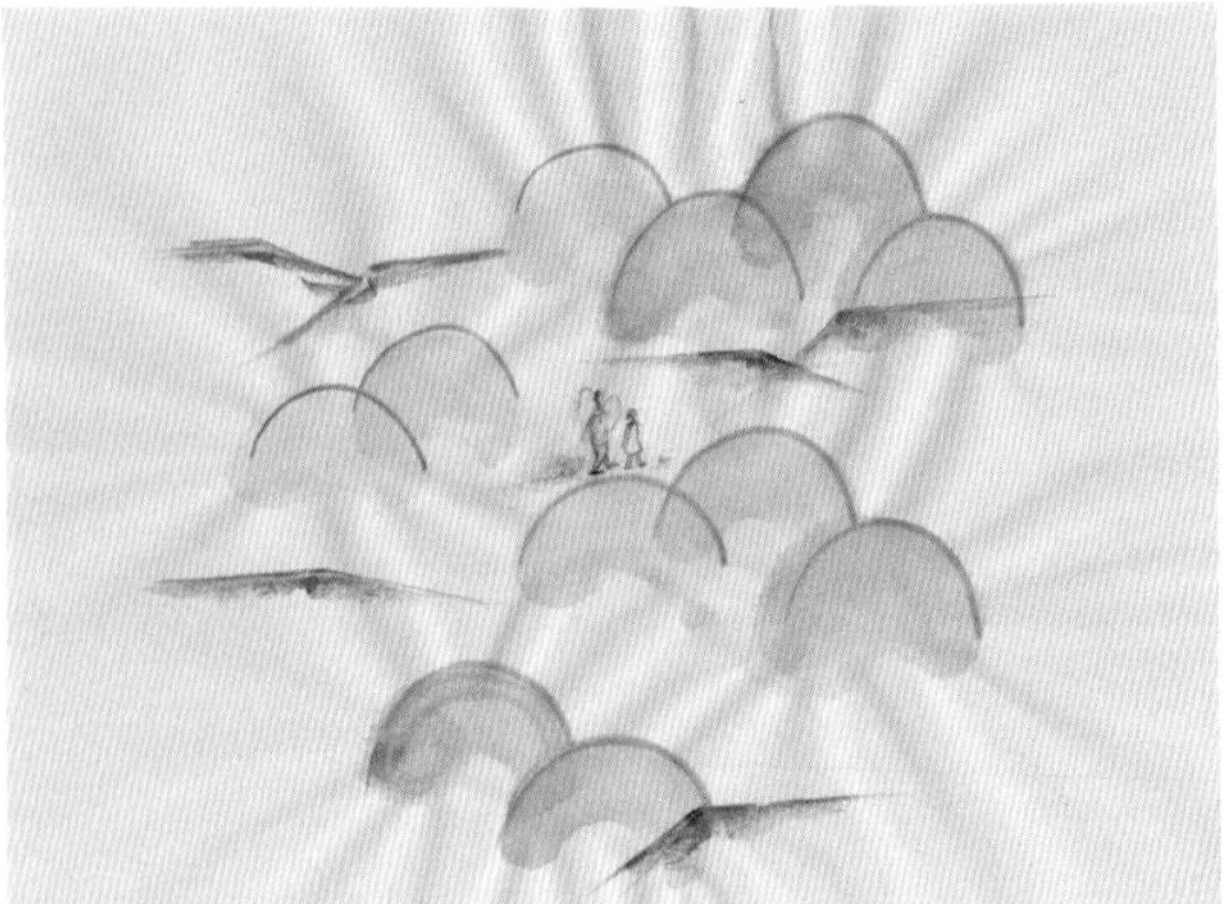

お父さんに、おいで、と手を引かれて歩く
広い広い花畑の中に、いくつもの道すじがある

ひびわれたコンクリート
消えかけの横断歩道
はがれかけたあずき色のタイル

ふと、お父さんは立ち止まって
ここがお父さんの育った家だよ、と言った
そこには、ほかの場所と変わらないように
うすピンク色のコスモスが咲いている

ここが玄関で、ここが居間
ここがお父さんの部屋で、ここに勉強机があった

ここが ぼくの 家

お父さんはコスモスの中にどんどんと入っていって
かるい足どりで、あちこち指をさす
まるで踊っているみたい

ぼくには見えないものが、お父さんには見えているみたい

ぼくには見えない家、さまざまな建物、道すじ、人びと
ぼくはそれが、なんだかうらやましいと思った

お父さんは、足もとのコスモスを二本
ぽきりと折って、こちらに戻ってくる
そして、ぼくの足もとに立っていた緑色の筒にいれた

このまちがあるから、上のまちがあるんだよ
そう言って、胸の前で手を合わせる

ぼくは、そうなんだあと思って
ありがとう、とつぶやいて手を合わせる
お父さんが、ぼくの頭をつよくなでた
お父さんはすこし、泣いていた

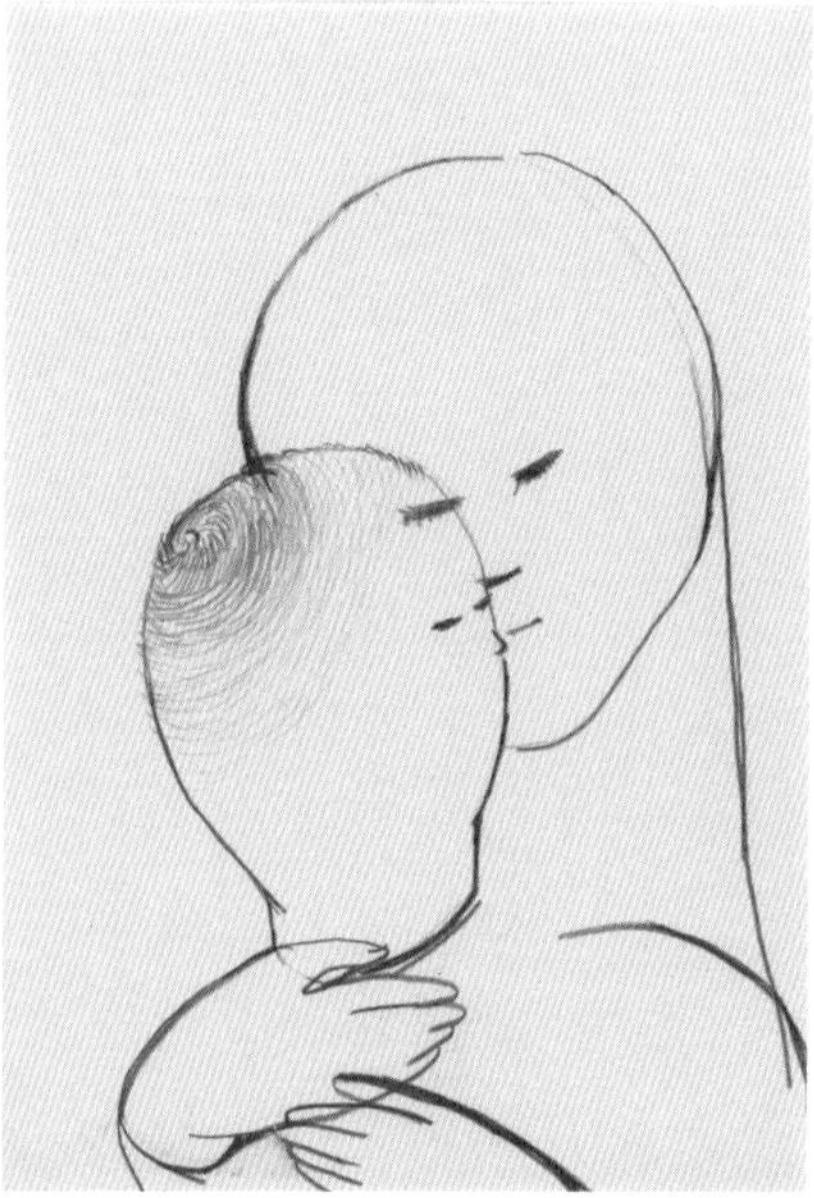

二〇三一年

夏

毎年八月には、祭りがある
古くからずっと続いている祭り
この土地で亡くなった者たちを弔う祭り
わたしが最後に参加したのは、大津波から三回目の祭りだった

わたしは、わたしのまちがなくなったことが悲しくて
壊れたまちを避けて暮らしていた
その日、ひさびさに自宅のあった場所を訪ねると
きれいに草が刈られ
あたらしそうな花が手向けられていた

わたしがわたしの悲しみでいっぱいだったとき
誰かが代わりになって、弔いをしてくれていた
情けなくて、ありがたくて、涙が出た

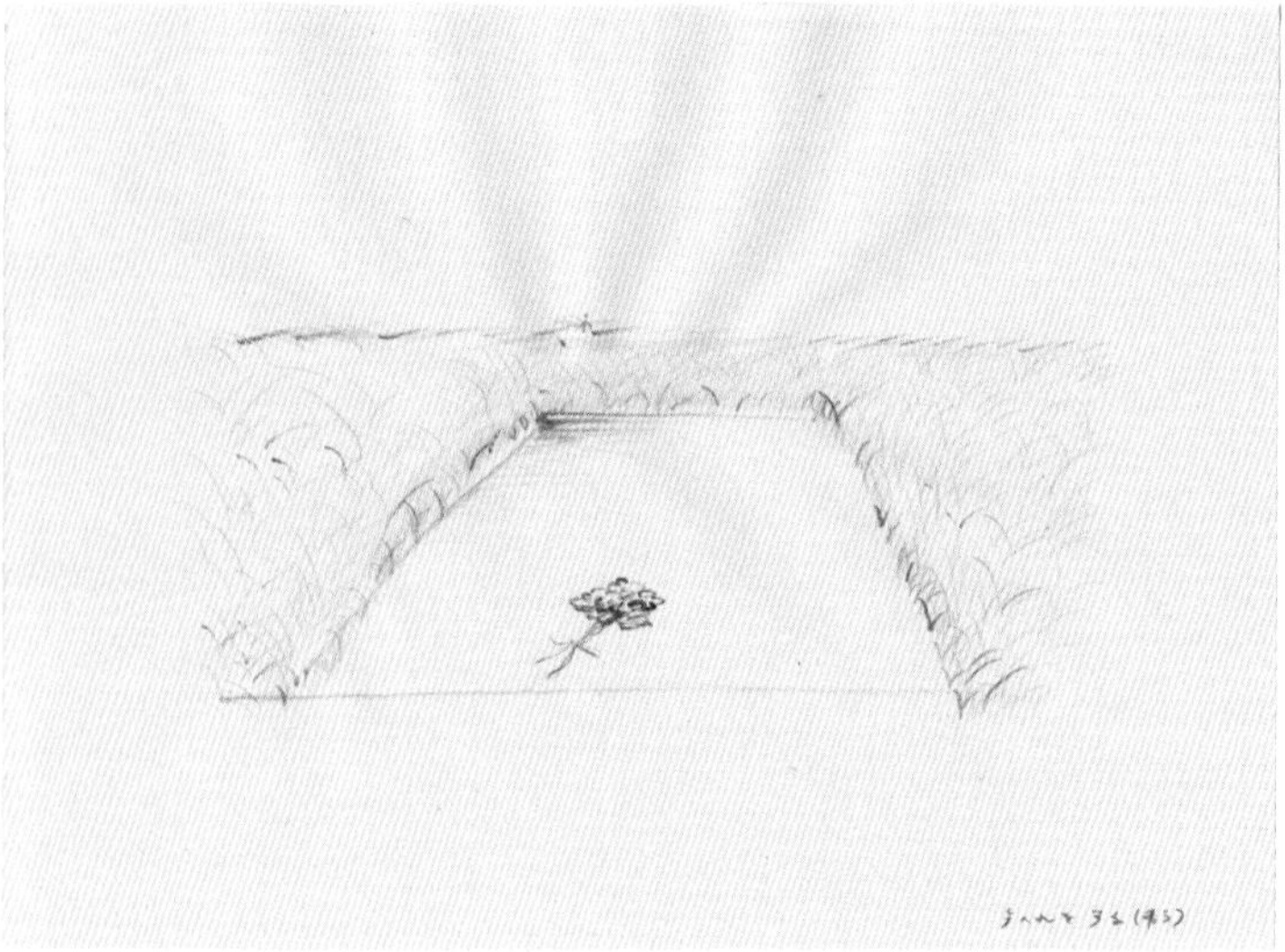

わたしの集落の山車《だし》が、とおくに見える
津波の前よりずっとちいさな山車だけれど
津波の前とおんなじ、青と黄色が鮮やかに映えていた

わたしは思わず、きれいだ、とつぶやいた
そして、隣にいた後輩のカメラをうばって
シャッターを切った

夕やけを浴びて光る一面の雑草
簡素でちいさな山車、その奥に壊れた建物

それぞれは、とても受け入れがたいほどに悲しい
けれど、その光景はとてもきれいだった

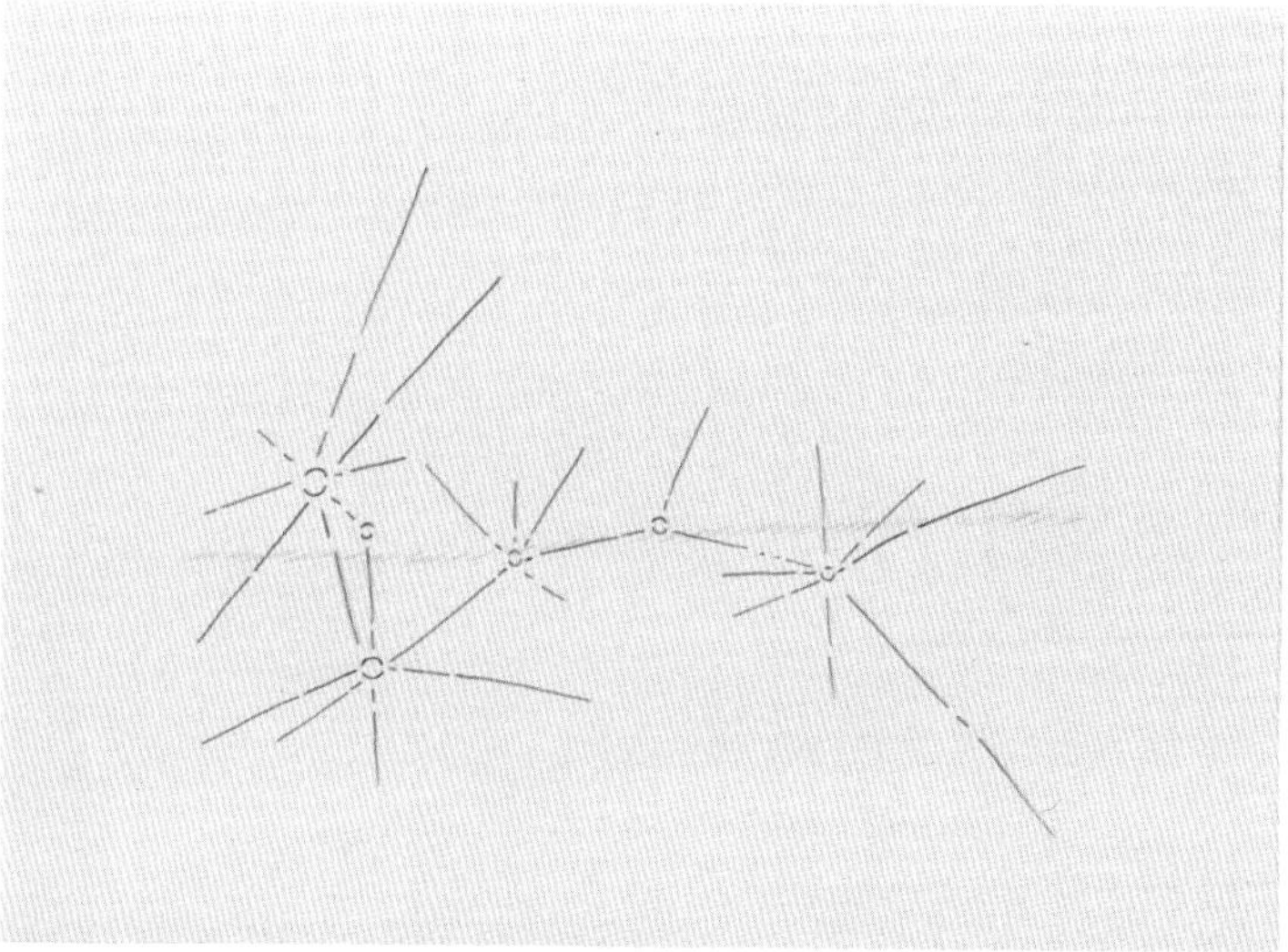

その後しばらく続いた大工事のすえ
もとのまちの上に、あたらしいまちが出来た
わたしは、もとのまちに残ることにした

土の下で迎える何度目かの八月七日
今日も上からは、太鼓と笛の音が響いてくる
そのあとに続く足音から察するに
まちの人口はずいぶんと減ったものだ

わたしは、まちの公共施設があった方へと移動する
何年前からか、この真上で山車がしばらく止まるようになった
上から響いてくる演奏が聞きたくて、みんなここに集まる

慣れ親しんだ笛の音が聞こえる
太鼓の音が低く響くのは
太鼓を地面におろしているからだろう

祭りの山車かざりは、空の上まで届くようにと
背を高くするのが習わしだったが
いまは
地底にも届けなければ
と考えてくれているのだろう

太鼓の音がちいさくなると
そのリズムに合わせて足音が聞こえてくる
地面を擦《す》ったり、跳ねて、勢いよく着地したりしている
でも、全体的にゆったりとしている

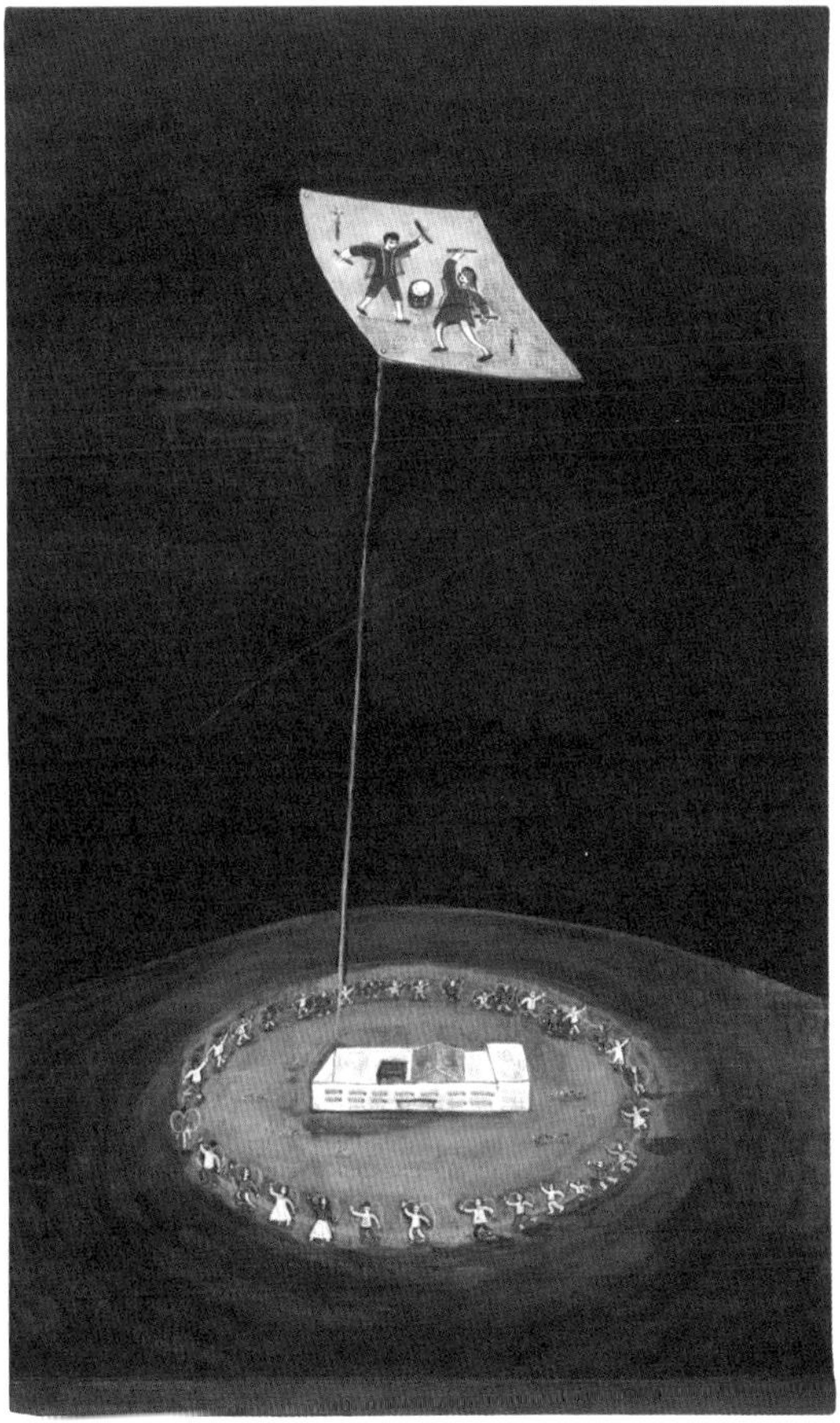

きっと、踊りをおどっている
ここからでは見ることができないその姿を、じっと想像する

そこに、子どもたちはいるのだろうか
彼らはどんな衣装を着て、どんな手つきで
どんな表情で踊っているのだろう

この上にあるまちがいったいどんな形をして
そこにどんな人たちが暮らしているのか
わたしにはわからない
心配なことは、考えだすときりがない

ふせていた目をあげる
みんなが、大きな輪になっていく
上から聞こえる音に合わせて、ゆっくりと踊りはじめる
わたしは、それを写真に撮る

目の前にある、この光景を
わたしはとてもうつくしいと思う
だからきっと、この上にある光景もまた、うつくしい
そう、想像する

わたしは、ほっと胸をなでおろす
さあて、と、ひとり、家に戻ることにした

二〇三一年

秋

おじいちゃんとおばあちゃんの家へと続く坂道をあがる
坂が急だから
わたしはいつもかけ声をあげながらあがる

わたしの声に気づいて
庭にいたおばあちゃんがふりかえる
くしゃっとして、大きな笑顔

おばあちゃんは一年中花の手入れをしている

なぜそんなにがんばるの、とたずねると
これは地底から持ってきた花だからねえ、と答える
地底人と約束でもしてるの、と聞くと
どうだろうねえと笑う

縁側から居間をのぞくと
おじいちゃんがちいさな機械をいじっている
わたしがちいさく手を振ると
あがりなさい、とやさしい顔でにっこりと笑う

わたしは玄関のドアを開けて靴をぬぐ
居間にあがる前に、いつもすることがある
玄関の脇のふすまを開ける

花に囲まれた簡素な祭壇がある
真ん中には、五十センチくらいのうすっぺらな石の破片が置いてある
まわりには大きな花瓶がいくつもあって
おばあちゃんが育てた花がたくさん刺さっている

これは、地底の石だという
本当はもっともっと大きな石だったのだけれど
大きすぎて持ってこられないから
こうしてすこしだけ持ってきたんだって

石の周りにいつも人が集まってね
みんなでお話を聞きあったり、お茶を飲んだりしてね
子どもたちが石の上で遊んだりしてね
ああいがったねえ、昔のことだ
おじいちゃんがそんな話をしてくれたことがある

石にはちいさなくぼみがある
そっと耳を近づけると、波みたいな音がする
わたしは正座をして、石をなで、手を合わせる

おじいちゃんのいる居間に行く
石にご挨拶してきたのかい、いい子だねえ
ごほうびに、お話を聞かせよう

おじいちゃんはいつも不思議な話をしてくれる
海が大きくふくれる話や
山が涙を流す話
目に見えない花畑の話

セラー屋っピラ

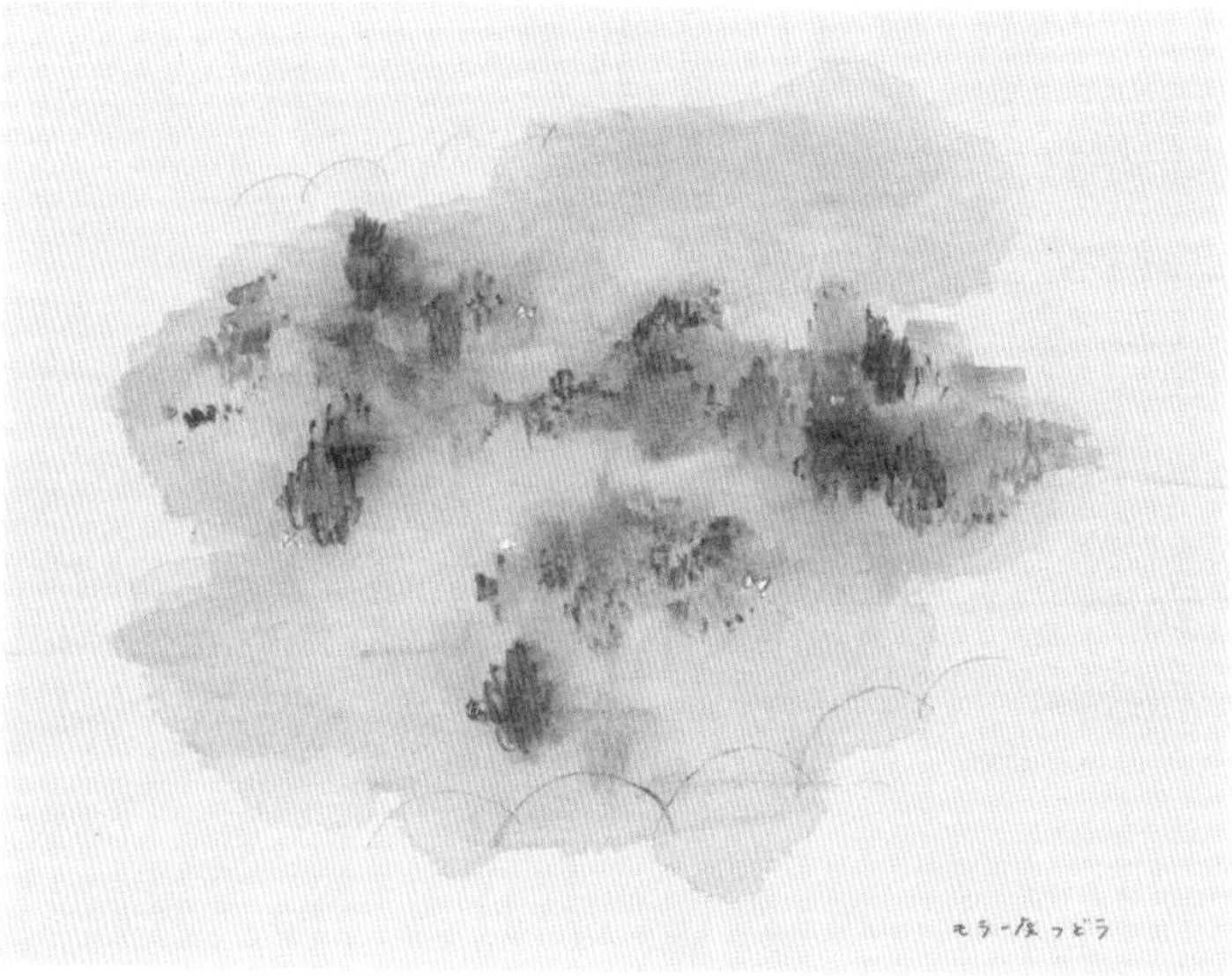

おばあちゃんはいつも歌ってくれる

おらいの地面は
青いお山が泣いだあと
あんだの地面は
茶色い土で埋めだあと
土のしたには笑い声

波のうえにひょいと顔出す
あの人にまた会う日まで

なぜ歌うの、と問うと
わすれないようにね、と答える

おじいちゃんの不思議な話も
おばあちゃんの歌も
わたしの頭の中でいつもくりかえされる
わたしは、それが好き

青いお山が泣いたあと

おじいちゃんとおばあちゃんは今日も元気
けれど、ふたりはわたしよりも、きっと早く死んでしまうでしょう
だから、ふたりがわすれたくないことは
わたしがおぼえていたいと思ってる

心配しないで
大丈夫
わたしのなかに
とっておくからね

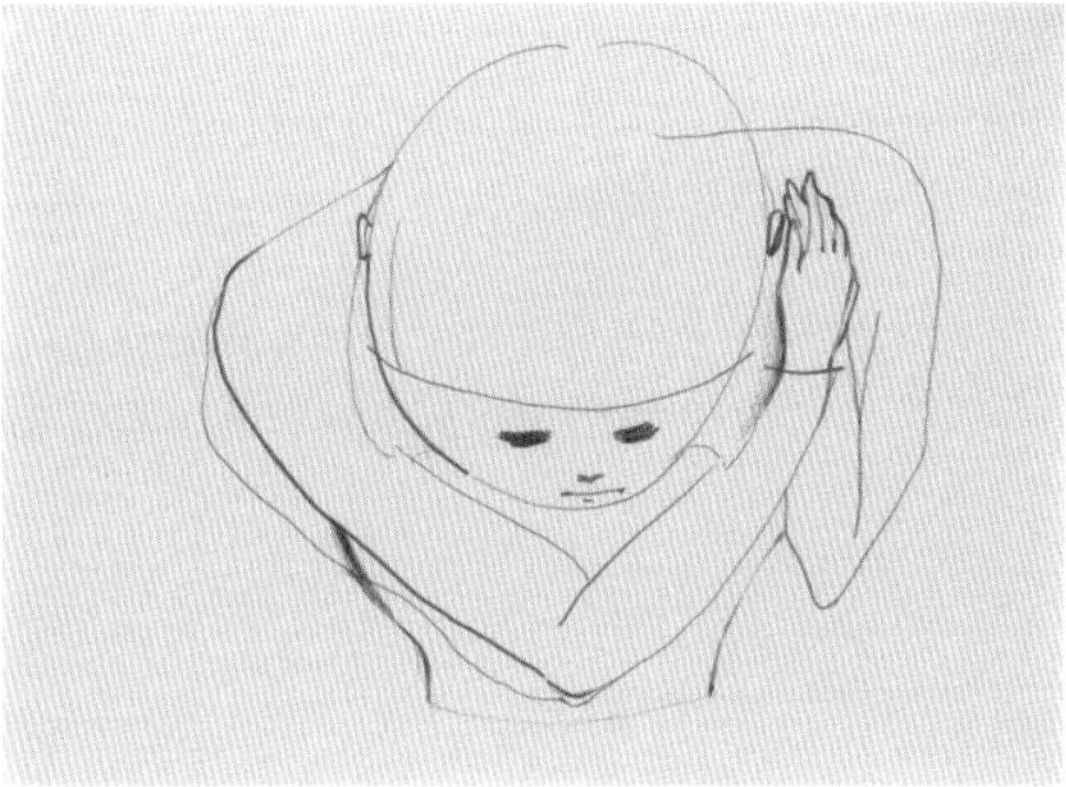

二〇三一年

冬

今年もまた雪が降る
雪におおわれると、平らなまちは
ますます宙《ちゅう》に浮かんでいるように思える

もとの地面にのっけられるように出来たまちは
その境界を埋められることのないまま
いまだ宙に浮かんでいる
と、わたしは思う

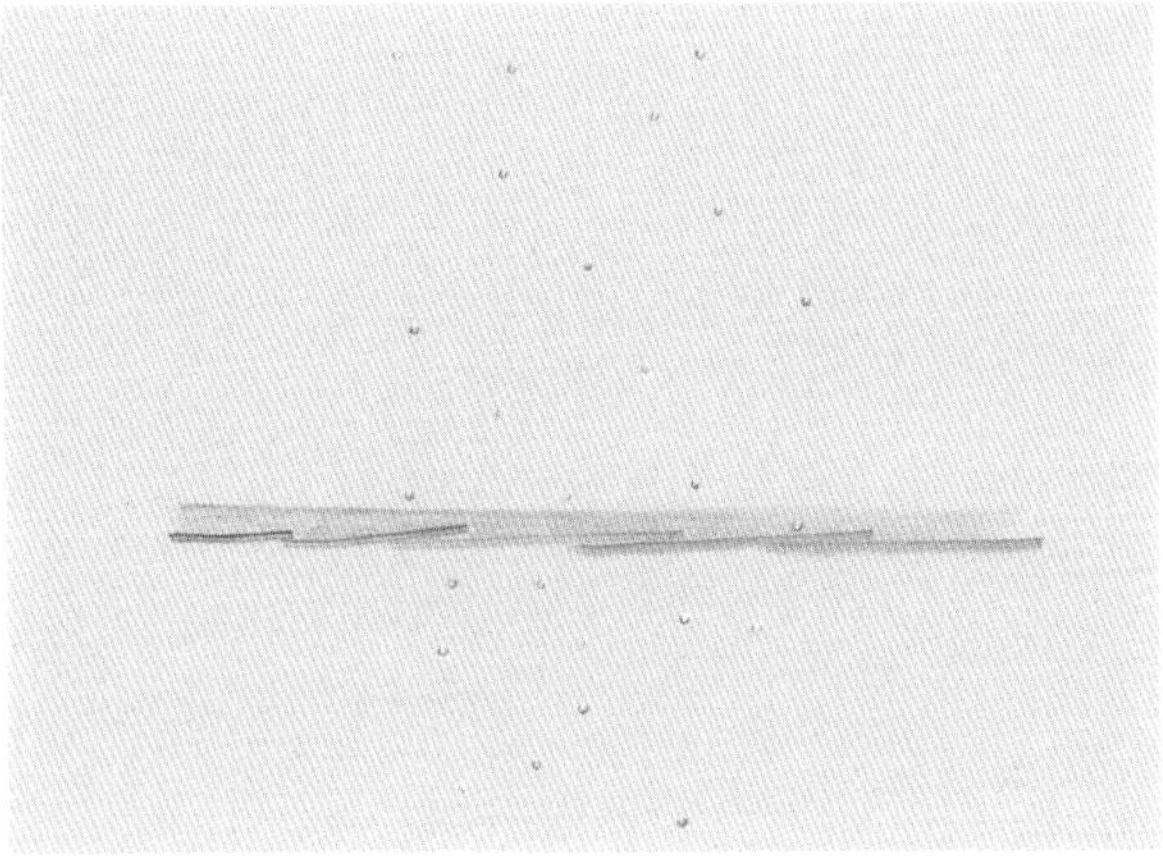

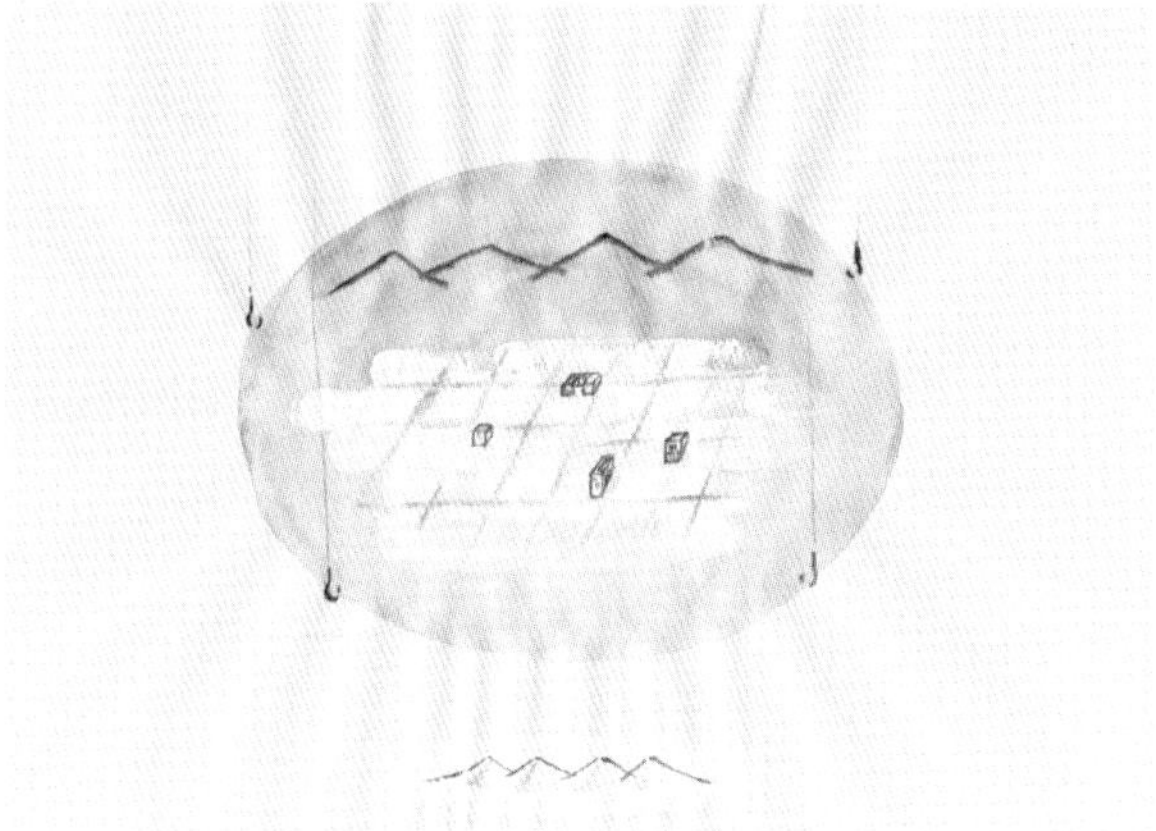

角ばったまちのふちまで進む
まっしろい防潮堤《ぼうちょうてい》、囲われた灰色の海
削られて四角くなった山やま
見慣れたあの曲線たちは、どこに行ったのだろう

このまちで産まれた孫は
中学三年生と小学五年生と、幼稚園児がひとり
親子三世代、わたしの家はいつもにぎやかだ

にぎやかになればなるほど
亡くなった息子が気がかりになる
このまちの下に、この土の下に
置いてけぼりにしてしまったんじゃないか

あたたかい家

息子の婚約者だったあの子も
別の人と結婚して子どもを産んだ
上の孫と同級生で、ふたりはとても仲がいい

本当によかった
慣れ親しんだまちと息子が流されたあと
途方に暮れていたわたしを支えてくれたのは
亡くなった息子の同級生たちだった

みな、それぞれに大人になった

あたらしいまちであたらしい家族
あたらしい暮らし
それは、手放しで喜ばしいことであるはずだ
なのにわたしは、どうにも宙ぶらりんの気分のままだ

なあ、前みたいに一緒に飯《めし》を食おう
お前が死んだあとも
このまちにあがってくる前は、いつも一緒にいたじゃないか
お前はいったいどこに行ったんだ

せり出したまちのふちには
味気ない、白いガードレールがひかれている

この下にいるのかな
わたしはぐっと身を乗りだして、灰色の海をのぞきこむ

海から、強い風が吹きあがる
うねりながら、やわらかい線をひきながら
なまあたたかい潮のにおい
細かい雪が目に入って、前が見えなくなる
わたしは思わず尻もちをついた

なんだ、お前、びっくりして出てきたな
やけにぶっきらぼうじゃないか
お前はいま、どうしているんだ

海に向かって問いかけてみるが
何かが返ってくる訳でもない

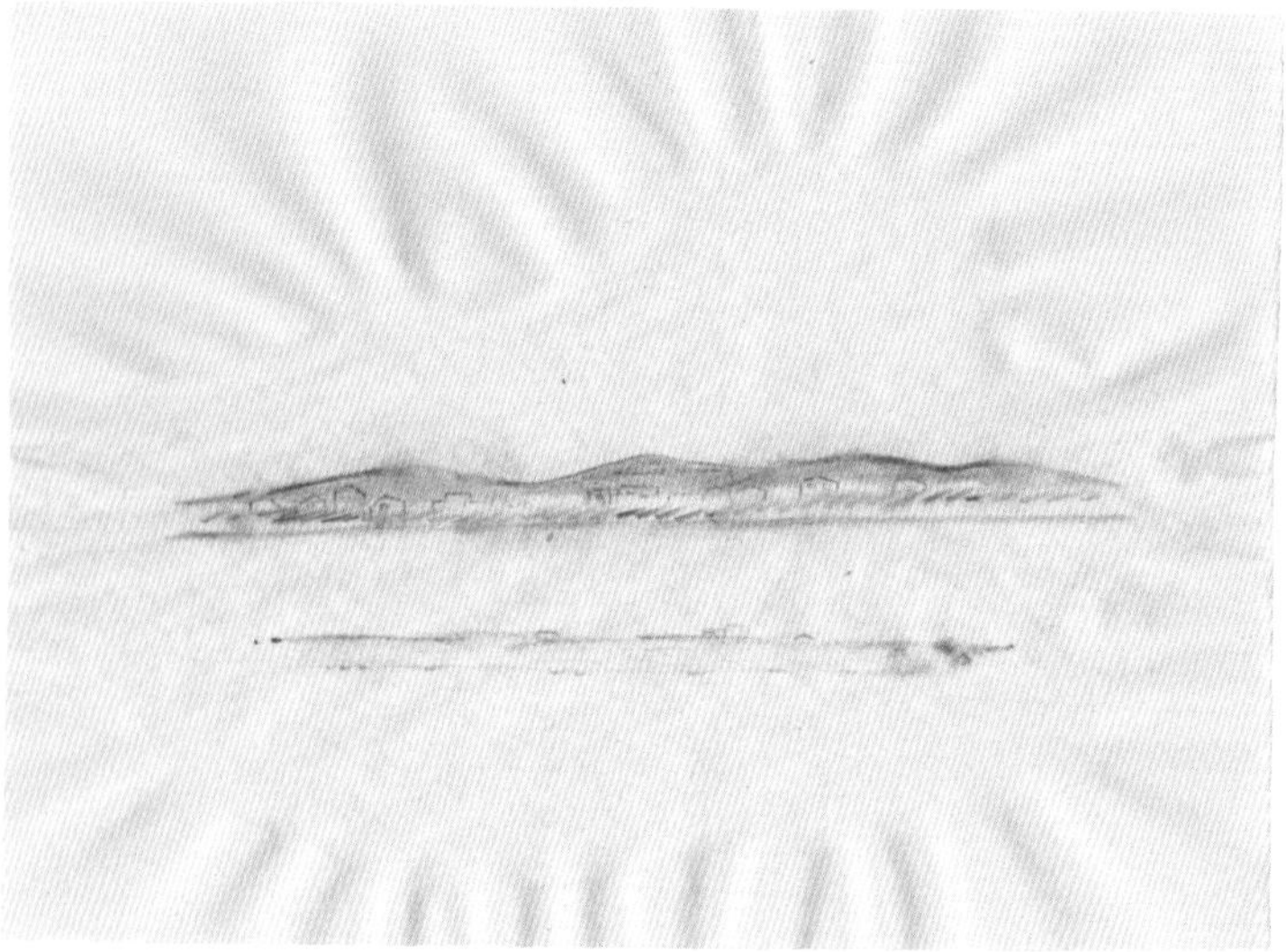

きっと、まだ生きろ、と言ってくれているのだろう
まっしろい防潮堤、囲われた灰色の海、削られた山やま
奇妙に角ばった風景
これを、愛せるときが来るだろうか

夕やけのチャイムが鳴る
孫を迎えに行かなくては
彼らにとっては、この風景がかけがえのないふるさとになる

それでいい
きっと

交代地のうた

春

あちこちで響くうた

息子の演奏している姿を久しぶりに見た。遠くのまちから来たという女の子とふたり並んでパソコンの画面を覗き込む。実を言えば、いつも恥ずかしいから来ないでなんて言われていて、わたしは息子が出るライブに行ったことはなかった。息子が亡くなってから、彼の友人がくれたこの映像で初めて

演奏している姿を見たのだ。まばらな観客の前で髪を立てて歌う息子とその友人たちの姿はすこし気恥ずかしくもあり、何よりかわいくもあった。しかしどこかでこの映像が喪うという経験自体と結びついてしまっていて、わたしはこの七年で数える程度しか見ることができなかった。今度来る女の子がギターの練習中だと聞いたので、いい機会かもしれないと思い、久しぶりに見ようと準備しておいたのだ。彼女はきっと、故人の映像をその母親と一緒に見るという状況に緊張していたけれど、最後の方には息子の声に重ねるようにして歌を口ずさんだ。知っている曲なのと尋ねると、わたしも好きなバンドのヒット曲ですと答えた。

娘と息子のふたりを同時に喪って、わたしは普通の母親から子どもを亡くした母親になった。なぜ彼らが亡くなってしまったのかを検証してもらうために、行政やぼんやりした市民たち、そして身近な人らの腫物《はれもの》に触るような態度と闘わなくてはいけなかったから、わたしはあの日から消えることのない悲しみについて、そして伝わりきらない感情について言葉にしつづけてきた。依頼があればどんな取材にも応じ、ＳＮＳには娘と息子への想いを書き込んだ。母親であるわたしが言わなければ、伝えなければ、誰が。おかげで離れていてもわたしの言葉に耳を傾けてくれる人たちがたしかにいるとわかったし、噂ばかりのちいさなまちで意思を表明する怖さなんか気にならなかった。

しかしどんなに苦しい経験をしても時間が経てば人の生活は落ち着いていくもので、それはわたしも例外ではなく、いまでは静かに日常を送りささやかな喜びを感じることだってたくさんある。けれど、だからこそ、ふたりが亡くなった公共施設が解体され、市街地跡の一帯が埋め立てられ、その上にあたらしい建物が建ち、そこで人びとは商売や暮らしを始める……という、七年間のまちの変化を目の当たりにするうちにわたしはどこか諦めのような感情を抱くようになり、もう話したくないと思うようになっていった。苦しいものはやはり苦しかったのだ。そこまで話したあとに、できればもう忘れてしまいたいんだけどねとつぶやくと、女の子はすこし目線を下の方にやりながら、何度かちいさく頷いた。

彼女はいま彼女の暮らすまちで、わたしの子どもらについての歌をうたっているという。ふたりの居場所がひとつ増えたことを嬉しく思いながら、でもまだ聴く時期が来ていないような気がして、送られてきた動画のリンクは開いていないけれど、わたしは最近書くようになった詩を印刷し、彼女に送った。

同じ場所に立っている

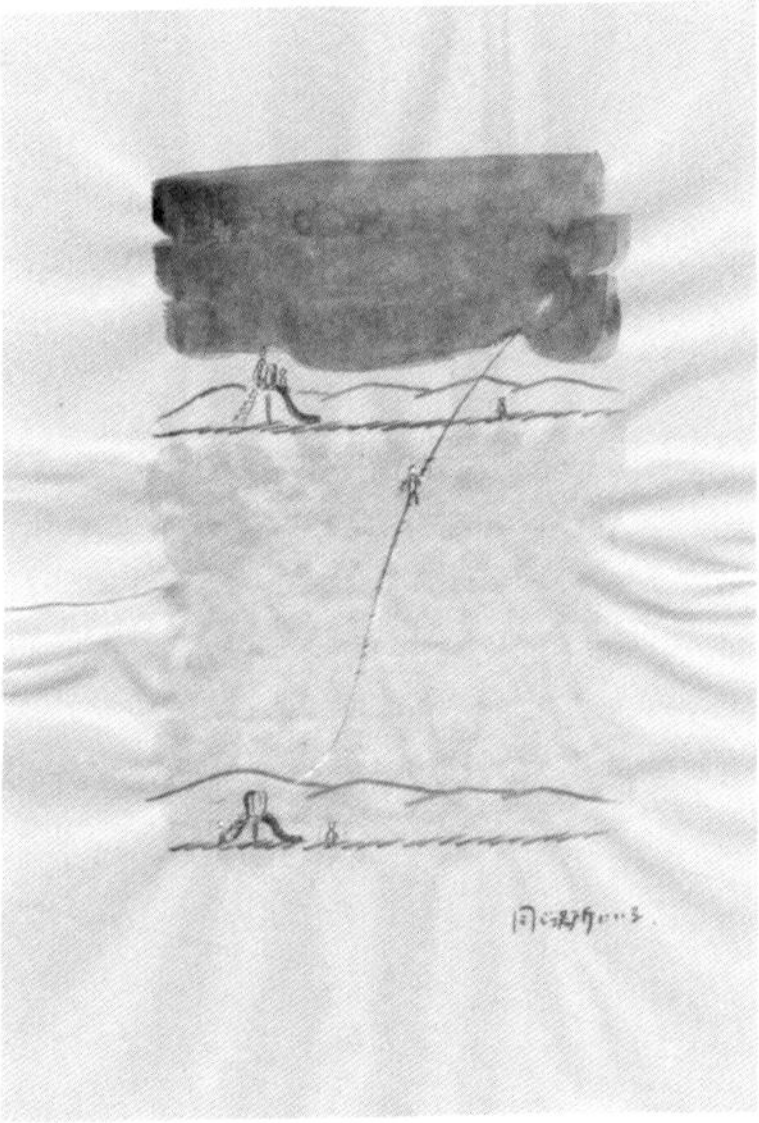

母さんが泣いていても特に何も感じないと答えると、ひとつ年下だという女の子はすこし驚いたような顔をし、わたしの隣に座っている幼なじみは、あーたしかに君んちのおばさんはねえと頷いた。あの日以来母はすこしのことでも泣くようになったから、わたしはその光景を見慣れてしまった。いち

いち動じているとうう母をいつか嫌いになってしまうような気がしたし、何より幼かったわたしには無邪気でいることが求められていて、家ではなるべくはしゃいでいたと思う。

小学校が再開した日、同学年の生徒は三分の二に減っていて、彼らとのお別れの言葉はないまま気づけば七年の月日が過ぎた。二年後に行った修学旅行で消灯後に友人たちと、いなくなった同級生たちの名前を順番にあげてみたけれど、どうしても思い出せない子が三人いて、そのときとても悲しいと思った。

まちが波に呑まれて草はらになったあとも、風景は変わりつづけた。いなくなった彼らがもしいまもこのまちをふるさとだと思っているとして、でも、久しぶりに帰ってきたときここがどこだかわかるのだろうか、と想像するのが習慣になった。彼らはわたしよりも鮮明にかつてのまちを覚えているかもしれない。変化することに慣れてしまったわたしは、以前の記憶をそこらじゅうに落っことしてきている気がする。だから、名前もわからず顔も幼いままの彼らに、わたしたちのふるさとはいったいどんなまちだったかと尋ねたくなるのだ。

自分のことを話しすぎていると気づいて、わたしは女の子の顔を覗いた。遠いまちに暮らす彼女がこのまちを訪れるのは三回目だという。彼女はうんうんと頷いたあと、たしかにこっちも変わってますね、あとあれもなくなったんですか、ああそうかあっちはあたらしいのか、などと会話を続け、うーん、でも同じところの方が多いんですねと笑った。

復興工事を経てあたらしく出来た公園まで三人で歩き、町中の校庭とか公園が使えなかったからずっと子どもの居場所がなかったんだよねと話したら、わたしはいまだに友だちと公園で遊びますよと女の子が言ったので、だよねえと頷いて、わたしたちはちいさな子どもたちに混じって暗くなるまで遊具で遊んだ。ねえなんかあの月懐かしいねと幼なじみが指をさし、わたしは、あの山はちょっと低くなった気がするけどでも一緒だよねと答えた。すべり台の真上に細い月がかかり、その奥に紺色の山並みが浮かぶのを、わたしたちはかつてのまちでも見たことがある、と思う。

最終のバスに乗って彼女は帰っていった。また彼女がここを訪れたとき、やっぱり変わらないですねと言ってほしいと思った。

夏

となりあう、語らずとも

復興復興というが、それは誰のものだということがわたしにとっての問題である。つまりわがまちの津波当時の人口がおよそ二万三千人、そのうちの約二千人弱が亡くなっているのだが、わたしたちは彼らを含む互いの話をちゃんと聞こうとしたことがあるだろうかという疑問があるのだ。

実際のところ被災から間もなく、まだ消防団が行方不明者の捜索を行なっていた時期から、頑張ろう、立ち上がろうなんて言葉が湧いてきて、その後メディアのインタビューなどを通して、生き残った者の使命としてあたらしいまちをつくる、なんて語る知人の姿を見るたび、わたしは苦しくなるほどの違和感を持った。あなたたちがつくろうとするまちは、あなたたちだけのものになっていないか。ここで死んだ人たちや、何よりここで将来を生きる子どもたちのことを考えているか。そもそもここにつくるべきはあのまちの続きで、真新しい何かをつくっていいわけではないだろう。

そしてわたしは、あっという間にまちあとを剝がし山を削り土を盛るめまぐるしい復興工事にも、積極的に交付金などを使い店舗や自宅の再建をどんどん進めていく周囲の人たちにもついていけなくなり、たとえ同じまちで同じ光景を見たとしてもわたしたちはそれぞれ違う受け止め方をし、それぞれの生き方を選び歩いていくのだと悟った。しかしそれでも、わがまちを想う限りみな仲間であることには変わりないし、家族や家を喪い居場所のないやつも多くいるのだから、ともかく集《つど》って話せる場所が必要だと思い、家業の居酒屋の再建を決意した。

それから七年。多くの仲間がすでにあたらしい店を建てていたが、わたしはまだまち外れのプレハブで店をやっていた頃、話を聞きたいという若い男が訪ねてきたので開店前の店に招き入れた。なんでも聞けと言っても男は顔を赤くして黙っているので、わたしは自分から当時のことを話してやった。避難誘導していた際にどうしても間に合わず助けられなかったおばあさんのこと。亡くなった消防団の仲間たち、たくさんの友人、先輩方、ご近所さんたちのこと。もうとうにいない人たちの話をしても男にはピンときていないように見えて、いや、でもちゃんとここにいたんだよと叫びたい気持ちになると、ふと、死んだ人たちにインタビューできればいいのにな、という言葉が口をついて出た。そうだ、わたしはずっとあなたたちに、いま何を思っていますかと尋ねたかったのだ。怒られても泣かれてもいい、あなたたち自身の声が聞きたい。

相変わらず顔の赤いまま何か言いたげな男と開店前の薄暗い部屋で対峙していると、ちょっとは手加減してやれよといまは亡きあの人が苦笑しているような気がした。ああそういえばここで昔なじみと騒いでいる時だって、死んだ人たちが一緒にいると思える瞬間が何度もあったじゃないか。近くにいる。でも話せはしない。しかし仲間であることに変わりはない。まあせめてゆっくりしていってくださいよ、と胸の内でつぶやく。

男は、僕はあなたが生きていて本当によかったですとちいさな声で言い、そしていなくなった。

眠る場所を見つけたひと

親友はとても目立つ人で、わたしは中学生の時から二歳年上で背の高いその人をずっと慕っていた。消防団として避難誘導にあたっていた際に間一髪のところで助かったその人は、翌日から行方不明者の捜索の指揮を執りながらも、だんだんに明るみになる多数の部下と、自身の妻と娘を救

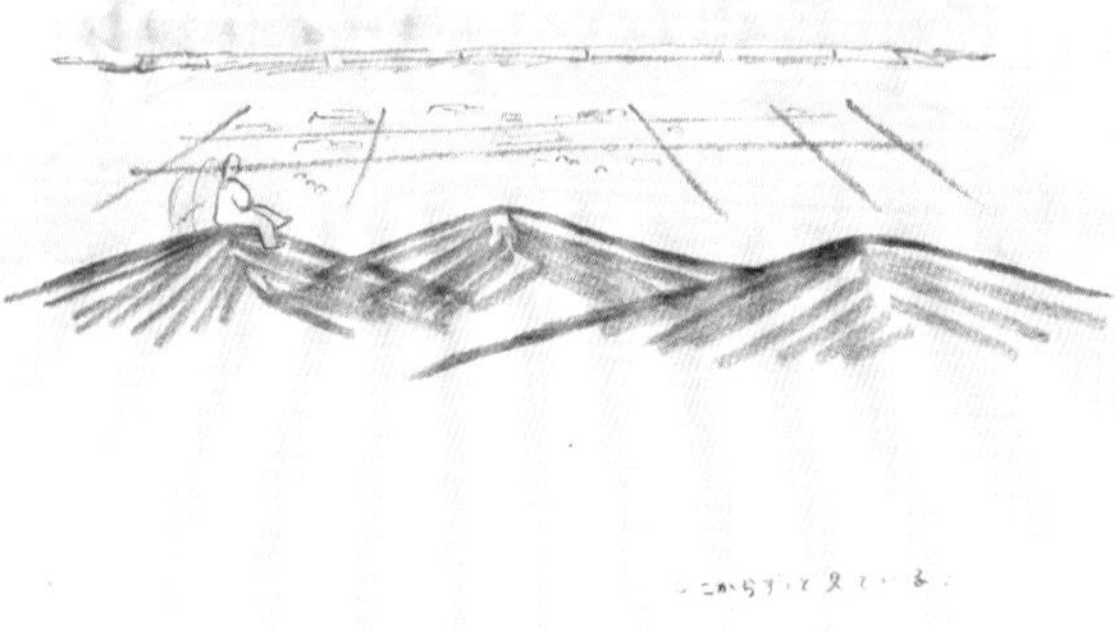

ここからずっと見ている。

えなかったという事実に憔悴し、その後まちづくりや復興という言葉が飛び交うようになった頃にも、ふとした瞬間には死にたいと洩らし、徐々にみなから外れていった。その人は出来事から間もないのに未来のことを語りはじめる住民たちについてはいけず、住民たちとすれば、いつも自分たちを鼓舞する立場だった男の弱音など聞きたくもなかったのだ。それでも親友はわたしともうひとりの後輩をよく誘ってくれて、わたしは親友が酔っ払って泣いたり怒ったりしはじめると、どこかホッとするような気持ちになった。

しかしやがて親友は病に罹り、津波からの三回忌を待つことなく死んだ。大柄でいつも声のでかい男がやせ細っていくのを認めるのは誰にとっても怖いことであったし、本人としてもそんな姿を晒したくはなかったかもしれないけれど、背に腹は変えられないと病を公にしてからは、彼の周りに人が戻ってきたのも事実であった。まるで生前葬してもらったみたいだなと語った親友は、以来穏やかな表情になり、息子が継いだ写真屋に毎日のように出向き、コーヒーを飲んだり音楽を聴いたりしながら過ごし、時には飲み会に顔を出して後輩たちに檄《げき》を飛ばした。

親友が死んで五年が経つ。まちのまとめ役として奔走したその人がいなくなったにも関わらず復興工事は淡々と進み、あたらしい商店街も出来つつあるのは不思議なことだ。近頃では移住者も多く、親友の存在すら知らない者も増え、いつの間にか住人たちも彼について語らなくなり、いまやこのまちのどこにも彼の居場所はないようにさえ思える。

そんなある日ふと遠いまちから、親友のことが知りたいという男が訪ねてきた。どの程度の気持ちでなぜ聞きたいと思いわたしを訪ねてきたのかはわからなかったが、わたしは後輩も呼んで食事を用意し、男を自宅に招き入れて話を聞かせた。男は戸惑いながらもひたすら相槌を打ちつづけていて、わたしは何より後輩と久しぶりに酒を交わし親友について話し合えたのが嬉しくてたまらなかった。

次の日男に請われ、まちの高台にある親友の墓へ参った。男がじっと風景を見ているのでわたしもぼんやり眺めると、変わりゆくまちが四方よく見えて、彼がここに眠る理由がわかった気がした。

秋

地底に降りると

あの日以来、好きだった小説が読めなくなった。フィクションを超える出来事が現実に起きるのだと知ってしまったわたしは、もう物語の世界に入れないのだろうかと思うと絶望的な気持ちになったが、それでも文字を追いたくて、わかるわけもない哲学書を持ち歩くようになった。わたしは変

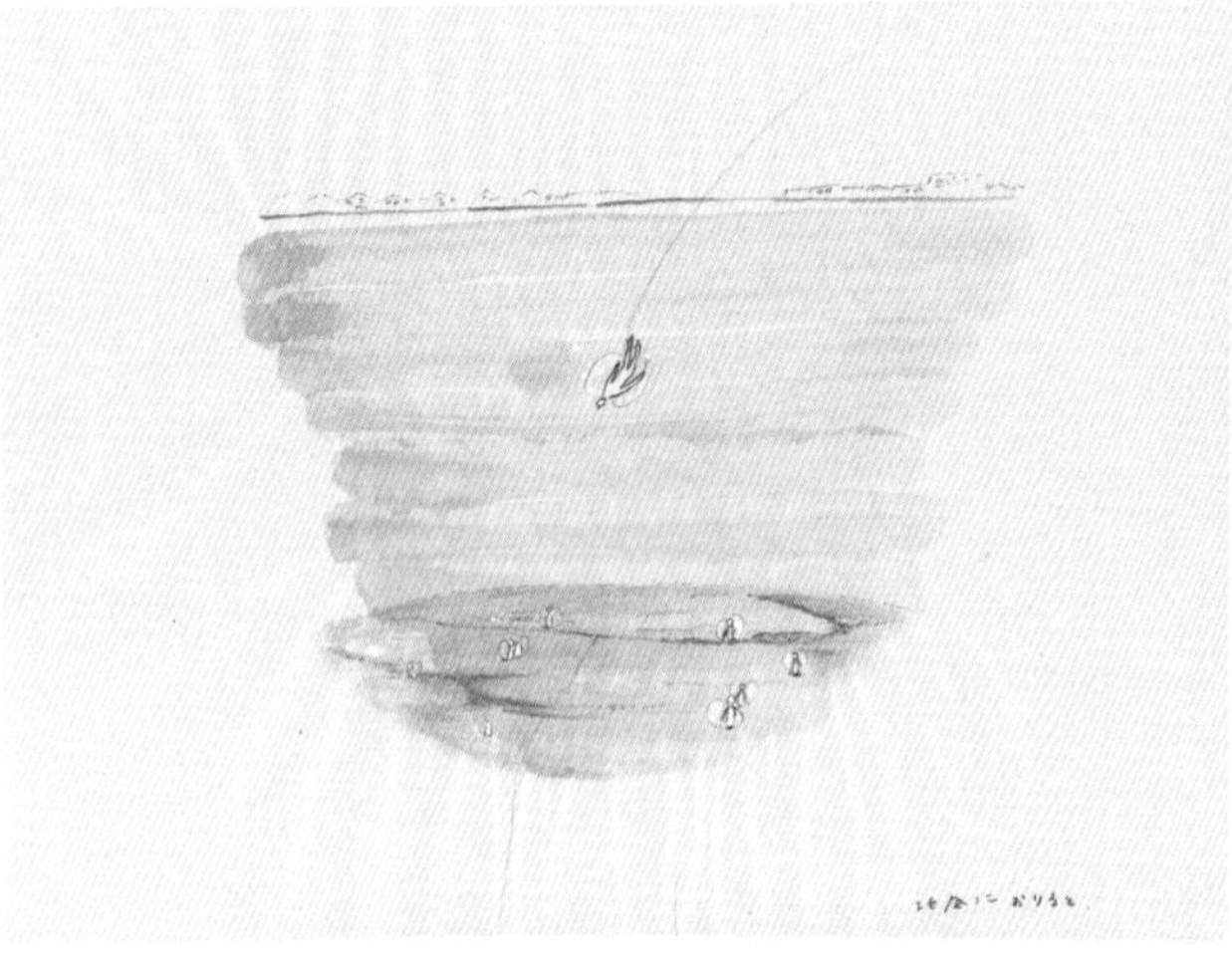

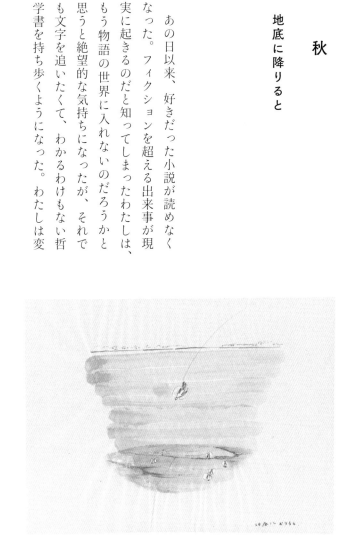

わってしまったのだ。化粧もしなくなり着るものにも頓着しなくなった。そして知人づてに出会った男性と間もなく結婚し、一年も経たずに子どもを産んだ。以前のわたしからすれば考えられないことだけど、いまのわたしはとにかくこうなのだ。

暮らして七年になる仮設住宅に若い女の子が訪ねてきた。子どもが遊ぶのと夕飯のあとだったこともあり部屋は散らかったままだけれど、まあいいかと思いながら、ごめんね散らかっていてと声をかけて彼女を招き入れた。ちいさなちゃぶ台で対面した彼女が、こっちに来てたくさん話を聞かせてもらって、でも聞くことはできるけどわかることはできないんです、と言うので、ああそれすごくよくわかりますと答えた。わたしは家を流されたけど家族を喪わなかったから喪った人の気持ちはわからなくて、最初はそれですごく悩んだけど、でも相手がもし話したいならわたしはとにかく聞こうと思った。というその当時の感触を思い出していた。彼女はわたしの答えに一瞬驚いたのち表情をゆるませたのでわたしも安心した。

彼女はぽつぽつと質問をしてくれた。海は好きですかと問われて、そうだわたしは海が好きだと思い出した。どんな風景が好きですかと問われて、実家近くの公園に広がっていたシロツメクサが浮かんだ。いまは嵩上げされて十メートルも地底に埋まってしまったが、たしかにそこにわたしと夫のふるさとがあった。

わたしは嵩上げの土をかき分けながら地底のまちへと降りていく。そう、この細い道の両側にご近所さんたちが紫陽花《あじさい》を植えていてきれいだった。公園には仲のいい猫がいたけれど、彼らはどうしたんだろう。当時、夫とは知り合いではなかったけど、いま思えばきっとあの黒い屋根の家だったんだろうな。そしてここがわたしの家。玄関、居間、わたしの部屋はもちろん覚えてる。ああでもキッチンが、お風呂がちょっと薄れてきている。その事実がさみしい。でもこれからはせめて記憶に残っているものを失わないようにと大切にできる。来年だったらもっと忘れていたかもしれないから、いま来れてよかった。

　ふと目を開けると、わたしに数秒遅れるようにして彼女も目を開けた。聞いてくれてありがとうね、いま見たものをいつか息子に話そうと思う、とわたしが言うと、彼女は、わああ、と声をあげて、にっこりと笑った。

わたしたちのまち

あなたがいなくてもわたしは元気に生きています。わたしはいまもあなたの愛した山間地の集落で暮らしていて、仲間と経営している産直も女性会も仕事も相変わらず忙しく頑張っています。人には震災で夫を亡くしているようには見えないみたいで、たしかにわたしの日常は大切な人とふるさ

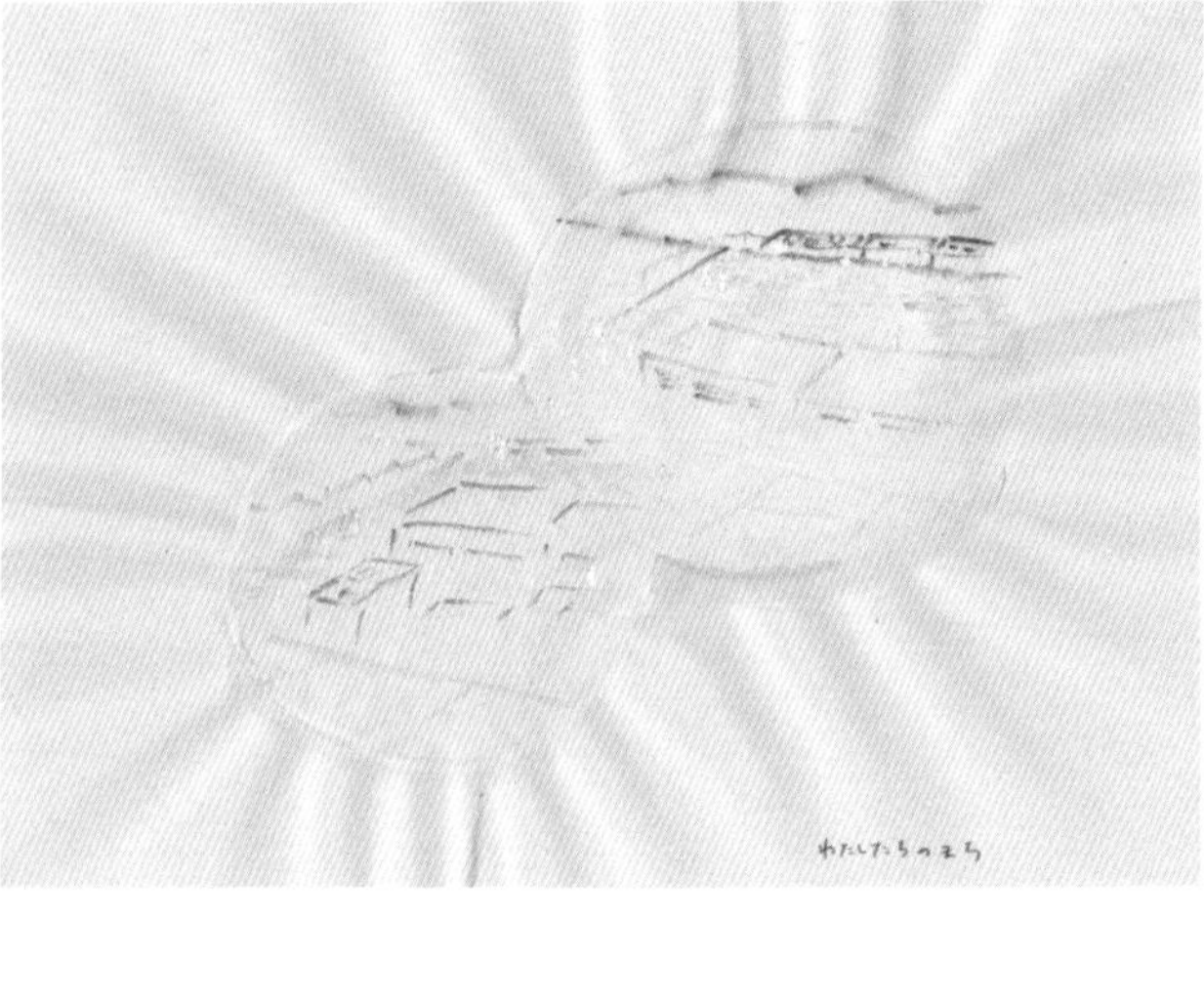

とを喪っても普通に進む。すこし残酷かもしれないけど、でもそれも営みだから。あなたが大切にしていた庭の花も毎年きれいに咲いていて、花も当たり前に日々を生きている。

遠いまちから若い女の子が来るというので、彼女をどこに案内しようかと考えていた。あまりない機会だからと思って、うちの集落の集会所でお茶をしたあと、一緒にドライブするような感じで、わたしの生まれ育った海沿いのまちまで行くことにした。

津波で流されその後埋め立てられた駅。かつて実家があった場所。夫が最後の仕事で関わっていた橋のたもと。夫が見つかった川原。喪失の記憶と関わる場所を訪れたら感情が溢れるかと思ったけれど、わたしは意外なほどに穏やかな気持ちで、ああこうなったんだなあということを確認し無事に受け止めることができた。いまその場所はただ静かで、あたたかな日差しを浴びてきらきらと光っている。女の子はわたしの話にうんうんと頷きながら、訪れた場所をそれぞれよく眺め、ちいさなカメラに収めていた。

実家を再建する予定の土地は、山を削って出来た高台にある。いまは仮設住宅にいる母が暮らすためのちいさな家を建てるのだ。きっとかわいい家になる。母と仲のよかった夫もやっと安心することだろう。

ふと振り返ると、巨大な嵩上げ地の上に出来つつあるあたらしいまちが見えた。失ったものとは異なり、生き残ったわたしたちがつくったものに対してはなんともいえない憤りもあって、悲劇も教訓もなかったかのように平然とした顔をしている角ばった地面と見慣れないまちが涙でにじんでくる。親指と人差し指で丸をつくり、その穴からじっと風景を覗いていた女の子に、あのまちをどう思うかと尋ねてみると、彼女は、ここにも人が生きているんですねと言ってやわらかく笑い、夕やけの光でまちが包まれるのを逃がすまいという感じでまた何回かシャッターを切った。

自転車で帰路につく学生たち。買い物袋をさげて歩くおじいさんと、それを支えて歩くおばあさん。店じまいに出てきたおじさんと、そこへ声をかけるご夫婦も、ああ元気でよかった。公園で遊ぶ子どもたちの声が響いてくる。整備は済んだがまだ空き地のままの区画にはシロツメクサが繁茂し、その白い花が照らされて黄色く光っている。目に映るひとつひとつがきれいで、どこか懐かしい。

今日の写真をいつか見せてねとわたしが言うと、女の子は、はいと言ってわたしの背中をさすってくれた。

冬

海とキャッチボール

同い年の男子が遊びに来るから仲良くしてねと母さんに言われ、へえ何しに来るんだろうと思いつつ忘れていたら本当に週末その子が家に来て、お互い野球部だったことがわかり、じゃあと言ってすぐにプレステをつないで野球ゲームをした。何回かやってだいたい俺が負けたけど楽しくて、

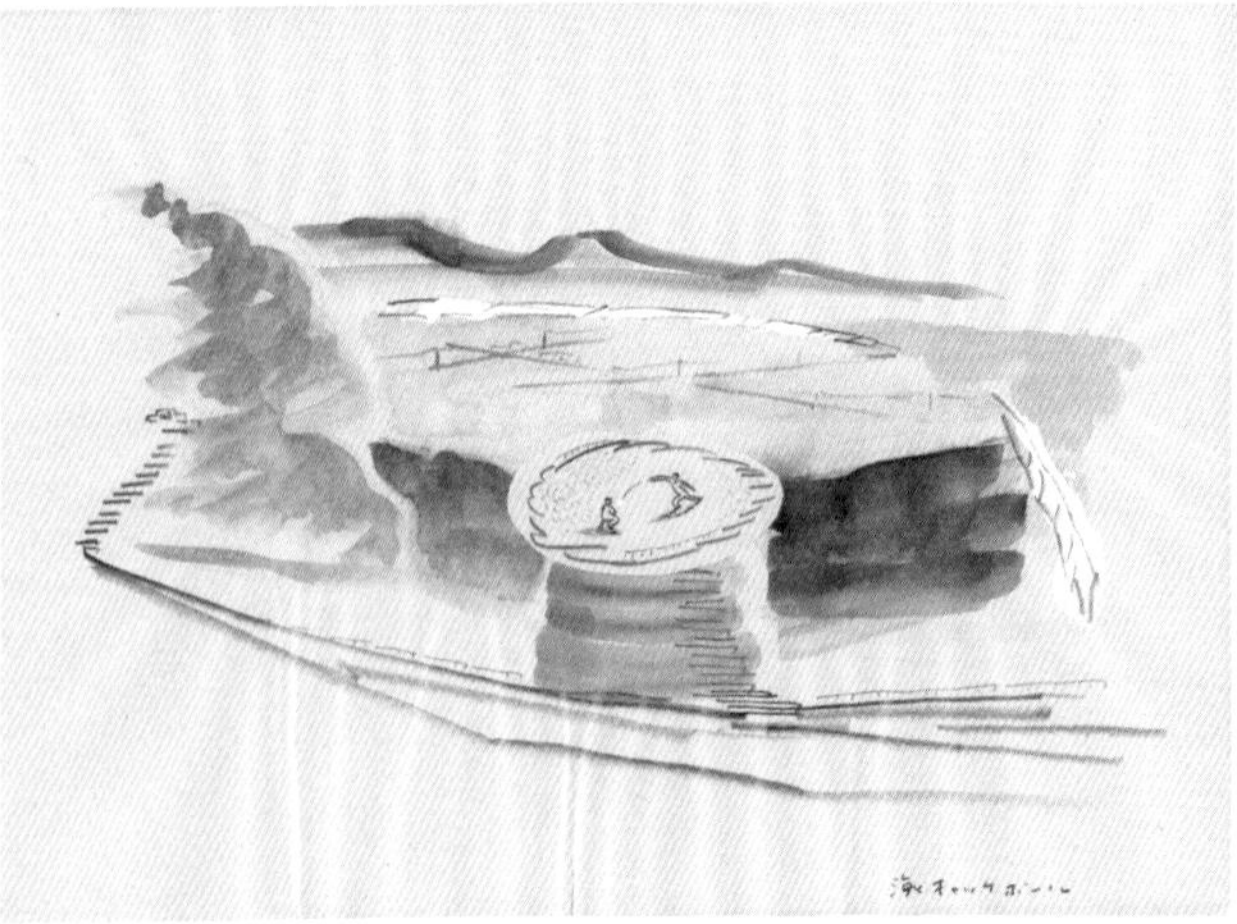

その後、母屋の隣に移設した仮設住宅——いまは俺と兄貴の趣味部屋だけど、に移動して、兄貴と父さんと母さんも一緒に、ホットプレートで焼肉をした。山形はどうだったのと母さんが聞いたら、その子はすこし申し訳なさそうに、うちの方は全然大丈夫だったんですよ、海辺だけど津波も来なかったと言い、あの日は中学校の卒業式練習でしたと続けた。

俺もそうだったんだよ、あのとき予行練習が延びてみんな学校にいたから助かったんだ、同級生と紅白幕に包《くる》まって体育館で一晩過ごしたんだけど、母さんはだめかもしれないと思っていたから気が気じゃなかった。その後俺は山間部の高校に通うことになっていたし、仮設もそっちの方だったから、あれ以来ふるさととはすこし疎遠になっていた。でも結局俺は十五年しかいなかったけど、それでもふるさとはふるさとだから、壊れた姿を見たくないって気持ちもどこかにあったんだと思う。俺がそこまで話すと、母さんが、そうかあんたはたった十五年だったのねと言い、その子は、うんうんと無言で頷いた。

次の日は雨だったけど、その子を車に乗せて俺が通っていた海の近くの中学校まで走った。工事ばかりで毎週のように通れる道が変わるものだから、俺が、あれ、ここも道が変わってるっていちいち驚きながら進むので、その子は、へえそんなに変わるものなんだとさらに驚いていた。久しぶりに訪れた母校の校庭はちょうど仮設住宅が撤去されたところで、最近まで誰かが暮らしていたはずのプレハブがぺしゃんこにされていくつかの山になっていて、その光景が痛かった。俺にとって仮設での暮らしは高校時代の思い出と切り離せなくて、そこで出会った人たちはいまも大切な人たちだし、なのにあの家が仮の家だったからと言って簡単に壊されてしまったとしたら、まるで思い出も出会いもすべて仮のものだったみたいで、それはとても悲しいと思った。

帰り際に、ねえ俺が来たからって震災の話をしなきゃいけないのって辛くない？　とその子に聞かれて、でもあれも含めて俺の人生だから忘れたくないよと答えた。その子は、そっか、とつぶやいて、俺また来るからその時はキャッチボールしようと言った。

空白を抱える

初孫が生まれて一カ月くらいの頃、ひとりの男の子がやってきた。こんな辺鄙《へんぴ》なまちに来る人のほとんどはここで起きた災禍について知りたいと思っていて、彼も例に漏れずそのひとりだったからわがまちを案内することにした。

わたしが暮らしていた集落もほとんどが

嵩上げ工事で埋まってしまったが、あの日わたしたちが逃げた細い避難路は上の方がまだ残っていて、その脇に消防団活動中に亡くなった団員たちのためのちいさな祭壇がある。ふたり並んで線香を上げたとき、男の子が祭壇の中に並べられた名前に気づいて、名字からわたしの息子を推測して名前をひとつ読み上げた。

そう、ゆうき、という。わたしにとって大切なあの日からの問いのひとつは、息子は一体どんな人間だったんだろうということで、人を助けようとしていたから優しいとか、家業を継ぐためによく修行していたから努力家だとか話せることはたくさんあるけれど、でもそれだけじゃいなくなった息子自身をあらわすには到底足りなかった。その後生活が落ち着き、息子の恋人や友だちや恩師が訪ねてきて思い出話を語ってくれる機会が増えると、わたしは息子のほとんどを知らなかったということにも気がついた。彼が亡くなったことでわたしは息子を亡くした父親に、妻は息子を亡くした母親になったが、同時に彼に関わった人たちはそれぞれ、恋人を失った女性や友人を亡くした青年、教え子を亡くした教師になったのだ。そして、それぞれが思う彼の人となりやエピソードをすべて継ぎ足してもきっとまだ足らないともわかり、人がひとりいなくなるとこんなにも大きな空白を生むのかということを実感したし、同時にその空白を見つめようとする人同士を強くつなげるのだとも知った。

　時が経ち、息子の死をきっかけに付き合うようになった人たちもそれぞれに日々を生き、引っ越したり子どもを産んだりで会う機会も減りつつあり、現に我が家にも孫が生まれて、息子が亡くなってから初めて幸せだという感情が自分のものとしてすとんと落ちるような経験もした。それでもわたしは息子がいつでも帰ってこられるようにあの空白は確保しておかなければと思いつづけていて、もちろんその気持ちを他の人に強要する気はないけれど、彼らの顔を見るたびに、あなたにもまだあの空白は見えていますかと、祈るような気持ちで問いかけたくなる。

あたらしいまちは几帳面に整備されたけれど、わたしの息子や、亡くなった多くの人たちの残した空白は、いまもここにちゃんとあるだろうか。

隣でまちなみを眺めていた男の子に、何か聞きたいことはあるかと問うと、彼は言葉にならないという感じで黙ってしまった。わたしは彼のその言い淀みに、あの空白の存在を感じ取れる気がして、来てくれてありがとう、と伝えた。

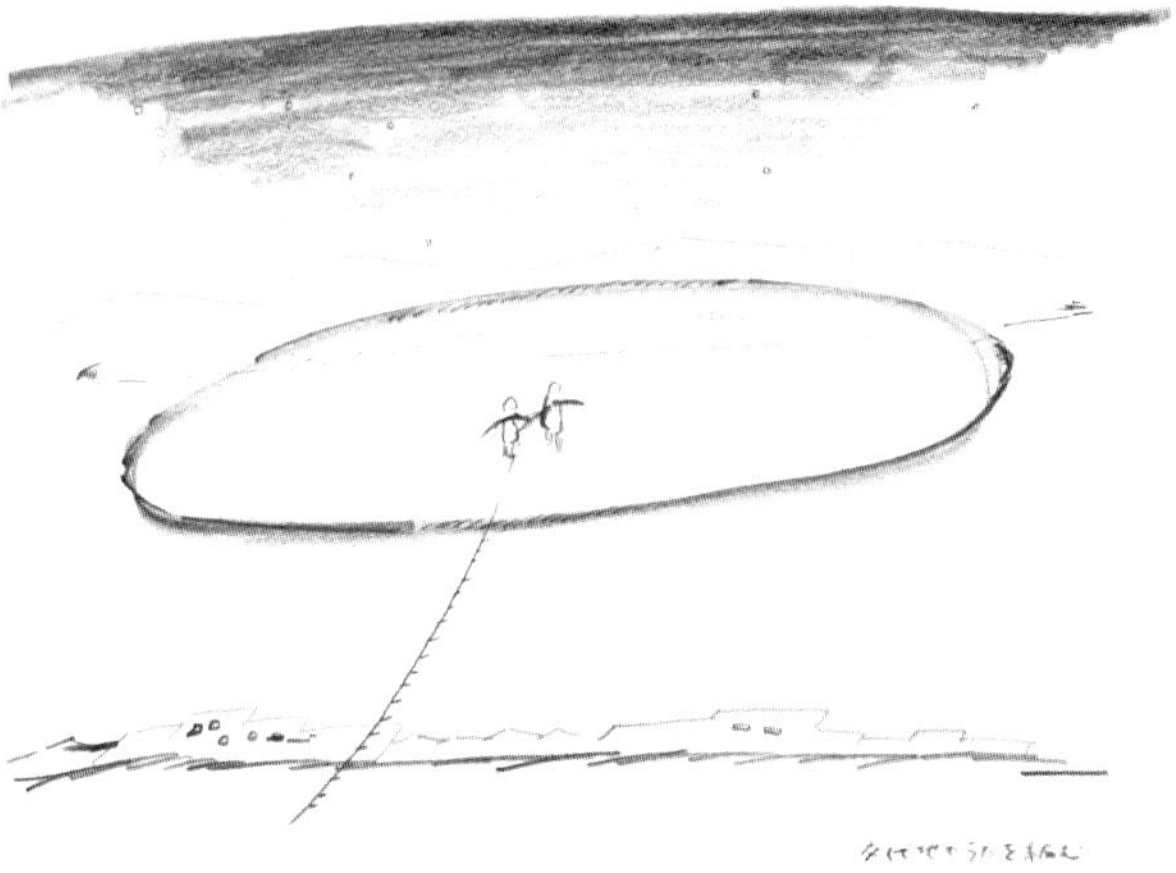

二〇一八年、陸前高田
大津波から七年あまりのその土地を
四人の旅人が訪れる

みずから歩き
風景を眺め
〝二重〟の地層をたしかめて
語りつなぐための
〝交代地〟をつくり
向かいあい
土地の話を聞く

そうして
誰かに手渡すための
うたを編む

歩行録

二〇一八年三月――

二〇一八

三月二十八日

高いところに上がってください。迎えに行くよ。ふらふらしながら、はずむような口調でつぶやき続ける人とすれ違った、仙台の夜道。

三月三十一日

高台に再建されたおじちゃんおばちゃんのお家の、仏間で眠る夜でした。

おじちゃんが出てた番組を観ながら、(インタビューが)テレビに流れたんですねと言ったら、おじちゃんは、テレビ流してねえぞ。家流したが、と言って、息ができないくらいに笑ってた。7年で老けたなあ、当時は10年がんばると言ってたけど、それも延長しねばなんねえな。

四月二日

陸前高田へ。嵩上げの上に出来た新しいまちを歩いていると、知っている人に次々と出くわす。一緒にご飯を食べたりお茶したりしていたら、あっという間に時間が過ぎた。初めてこのまちに来たという大学生は、普通にきれいなまちだと思いました、と言った。灯りがともるまちはたしかにきれいだった。

10mもの土を盛って出来た新しい地面はとても広大で、無数の区画に区切られている。この地面を心待ちにしていた人たちが確かにいて、きっとどこかで生活をはじめる準備をしている。消防団員を弔う小さな祭壇も、元の地面から新しい地面へ。おじちゃんたちの避難路だけは、ずっとここにある。

川だけは元の高さのまま残る。護岸工事の様子を、生傷みたい、という人がいた。もしも、この川が地面に入った切り傷に見えるのだとしたら、嵩上げの土はそれを覆い隠すカサブタか絆創膏なのだろうか。いずれ元の皮膚が健康に戻ったときには剝がれてしまうもの、だったりしないかなあと想像してみる。

国道から新しいまちへと続く道路は、まっすぐで勾配がきつい。軽自動車でアクセルを踏むと、身体がふわりと浮く感じがする。時間が経てば、この地面に大切なものが埋まっていると思う人と、初めからただこうであると思う人が、ともに暮らすようになる。公園に響く声は、高く明るい。春は気持ちがいい。

この山を削って、あの地面をつくった。たとえば山や森は泣いてはいないかという問いとは、いったいどのように付き合えばよいのだろう。見晴らしのよい場所に立つと、改めてそう思う。

四月二十一日

店主の親友だったおじちゃんが、高台に家を建てたというので遊びに行った。兄貴が亡くなってから、毎日夢に出て来てあの世に連れて行こうとするんだがな。兄貴、待ってください。家建てねばなんねんだって断ってたの。でもこうして建ててしまうとな、まだしばらく逝きたくねぇと思ってしまうな。

店主が亡くなった後、おじちゃんはとても落ち込んで、何度か体調を崩した。そのときは本当に連れていかれるかと思ったけど、いまは店主の誘いを断る気力が出てきたみたい。でも、おじちゃんが店主の夢を見なくなったら、店主の居場所がこの世からなくなってしまう気がして、すこしさみしいとも思った。おじちゃんが毎日夢に見なくてもいいように、店主の居場所をつくれたらいい。それは、言葉の仕事のような気がしている。店主が亡くなって四年が経って、私はやっとすこし、何かを書いてみようかと思っている。

五月五日

嵩上げ工事で山が埋まってしまって、お不動さんに上がる階段は途中からになっていた。以前はもっと遠かったはずだけれど、いまは数段上がるだけでお社に辿り着いてしまう。いつか、ずっと未来の人が階段の先を掘り返して、地底まで続いている！　と発見したりするのかもしれないなあ、と想像する。

階段の上から見える風景は、かつてのまちにあった駅通りに、またそこからの見え方に、すこし似ていると思った。津波のあとの地面一面に咲いていたのと同じように、嵩上げの上に出来た空き地にも、シロツメクサが広がっていた。不意にふたつの時間の風景が重なって、やっと、手触りのようなものを摑み直した気がした。

嵩上げ地の上には水が溜まり、空の色を映して青く光っている。防潮堤で隔てられてしまったはずの海が、ないはずの場所に、でも本来ならば居たい場所に、蜃気楼のように現れているような気がした。それは歪な形をしているけれど、とてもうつくしく、とても自然な風景だった。

そうだそうだ、ここは光のきれいな場所だった。

五月八日

聞かせてもらったこと、見せてもらったものを書き留めて形にしていく。誰かが忘れずに、覚えていてくれるように。そして同時に、誰もが忘れてもいいように。

五月十一日

なぜ陸前高田なのかとよく問われ、これまでに聞いたり体験したりしたさまざまな物語に思いを巡らせてみたりするのだけど、結局のところ私は、ただこの土地がとてもうつくしいと思っていて、その移り変わりを見ていたいから、というのが、いまのところ一番素直な答えだと思う。だからそこに身を置きたくて、通っている。

太平洋に向かって開けた広い広い地面、その奥にはなだらかだけど特徴的な形の山々。陽の光と季節で、色が、黄緑から紅色までさまざまに変わる。このまちはこの地形だからこそ、津波の常襲地域なのだ。うつくしさと災害のリスクに関係があるのかはわからない。なんとなく、あるかもしれないと思っている。

五月十四日

嵩上げ前の地面にあったうつくしさは、新しい地面の上にも、変わらずにあるようだった。一年前は、風景の変化そのものに驚いてしまって、消えるはずのないものさえも、見つけることができていなかったみたいだ。

地面が迫り、山は確かに低くなった。空は近くなった。まちは真新しくて、まだ使い熟されてはいない感じがする。でもそんなことは構わずに、うつくしさはここにある。風景のうつくしさはどこに宿っているのかと考えていたけれど、もしかしてそれは、ただ、光のことだったのかな。

六月二日

今日は内陸にできた三陸道は通らずに海辺を走る。入り江の小さな漁港、削られる山に建てられた一軒きりの家、起伏の隙間で見える夕暮れの海。こういうものは高速道路を使うと見つけることができない。目的地までの速さを得た代わりに、出会えなくなったもの、見捨てそうになるものについて、すこし気になった。

道路が通って、風景はどれくらい変わっただろう。道路を使うために、足を運ばなくなった場所がどれだけあるだろう。移動が速くなったことで、目や耳が拾えなくなったものがどんなにあるだろう。立ち止まることすら億劫になった身体は、やがて、出会えなくなったものにすら気づかなくなるのだろう。

六月十四日

風景が確かに過去と地続きであると感じられた時間は、もう終わってしまったかもしれないということと、そろそろ向き合わなければならない予感がある。私たちは手にした巨大な土木技術によって、その土地の原型を留めないくらいに壊し、更新する快楽を知ってしまった。

復興工事でつくられてしまった角張った風景は、過去のそれとは分断され、地続きで捉えるのはもう難しい場所も多い。またいつか、ああ、やはりここは確かにあの場所だ、という実感が得られるようになるのは、もはや人間がみんないなくなったあとかもしれない。

そのくらい乱暴な風景の破壊を誰も止めることができなかったし、できないのだと思う。削られて白茶けた山、膨大な土を重ねて出来た角張った新しい地面、沿岸数百キロメートル続く防潮堤。いつか見慣れはするのだろうけれど、それが再度ここにあった風景と結ばれるのはとても難しいだろう、と思ってしまう。

しかし人はきっと、新しい風景のなかで、暮らしを続けていくこと、新しい暮らし方を見つけていくことができる。きっと、幸せになることもできる。

風景が壊れても、自然環境がおかしくなっても、しばらくの間、人間は、持っている技術を駆使して生きていける。けれど、この変化によって、土地を追われたり、死んでしまったりする動植物もあるだろう。目の前の風景への違和感を握り続けられれば、そのことを考え続ける術にできるかもしれない。

慣れてしまう、忘れてしまう。膨らんでいく暮らしの端で、違和感を持ち続けるための装置をつくることはできるだろうか。

六月十五日

半島の展望台から、遠くに市街地が見える。津波で流され、復興工事が行われるなか、形の見えはじめた商店街には人びとが往来する。ここからはその様子がよく見えなくて、ただ黄土色の盛り土が塊みたいに見える。鳥たちの甲高い鳴き声の隙間に、トトトトトと、重機の音がくっきり届く。海には養殖イカダが浮かぶ。

山の上の展望台からも市街地を見る。ここには、工事の音は届かない。ただ鳥の声と風の音だけが聞こえる。

巨大な復興工事で、かつていまの風景は分かたれてしまった。その場所で生活する人間の視点では、両者を繋ぎ直すことは難しいかもしれないけれど、たとえばドローンの視点だったら？　遠く離れた上空から見ればもはや、変わってしまった地形の端々も、過去と現在の境界線も、気にならないものかもしれない。

復興工事がはじまってから、ドローンを手にして、その様子を撮影する人たちが現れはじめた。あまりに大きな変化で、人間の生活範囲では全容を把握できないから、視点を上空に飛ばしたのだろうか。それは、工事を見張っていると同時に、過去と現在の風景を、視覚的に繋ぎ直す試みであったかもしれない。

あの場所に戻りたい、戻らねばと強

く思い、〝帰る〟選択をした人たちは、嵩上げ地に出来た新しいまちに〝帰る場所〟を見つけられただろうか。見たことのない街並みの中に、かつての暮らしの続きをつくろうと、家や店を建てる。GPSは、確かにその場所を指す。けれど私のいるこの場所は、一体どこ？

暮らしがはじまりつつあるいまだからこそ、すこし距離を置いて、冷静に起きていることを見たい。外から来た者だからこそ口に出さなきゃならない問いもあるような気がしている。

六月十六日

他者の話を聞いたときに未知の物語が立ち上がるとしたら、物語は窓ではなくて扉であってほしい。物語を聞く、知るという経験が別の世界を覗き見ることではなくて、ある世界へ入ってゆく身体的な感覚を伴うものとなる。物語は完結した世界を伝えるのではなく、聞き手を〝わからない世界〟へと連れ出していく。

七月八日

東日本大震災で被災した市町村では、もともと地盤が悪かったり地下水が出たりで住宅を建てていなかった土地が、早い時期に宅地として売りに出されるケースもあった。津波から逃れた高台だけど、土砂災害のリスクがある。地名には先人の教えが含められていたりもするのに、大規模な復興工事で地名が変わってしまった地区もある。

30年、50年、１００年といった大きなスケールを持ち出してみると、何が危険か、どう暮らすのが幸せかという問いの主語が変わってくる。その違いが、とても大切な気がしている。

七月十日

誰かが誰かを失うという、とても悲しい瞬間を、私たちは一緒に目撃する必要があるのだろうか。その人がこれから向き合わなければならない喪失の体験の、その大切なはじまりに、ある傲慢さによって同席すること、させられることに、一体なんの意味があるのだろう。いま一度、その問いに立ち返りたい。

タイムラグのない情報によって、まるで誰かの体験がシェアできているような錯覚に簡単に陥ってしまう。しかし、実際に体験した人にとっては、そこからが喪失に向き合い続ける時間になるのに、多くの人はそのことを忘れてしまう。

——

風景を聞き手として、正対し、語ることは可能だろうか。それはきっと、未来に対峙し、発話することと似てはいないだろうか。

七月二十一日

ここからは濃い青色の海が見えたはずだけど、見えなくなっていた。その代わりに、白い防潮堤がよく見えた。高く無表情の壁は、距離をとてもわかりにくくしてしまう。

七月二十二日

陸前高田にて、久しぶりのおばあちゃんたちを次々と訪ねた一日。私にとっての高田の三大ばあちゃん。暑くて暑くて、みんなほぼ肌着姿で汗を拭きふき出迎えてくれる。あーらあ、しばらくぶりだねえ。何してたったの？　いまどごさいたったの？　まあまず、あがらいん。

一人目は初めてのボランティアで伺ったりんご農家のばあちゃん。津波の後にもじいちゃんはりんごを植えたけど、2年後には復興工事ですべて抜くことになった。さみしそうなじいちゃんをよそに、ばあちゃんは、りんごなくなって楽になったあ、と笑ってる。

テレビで高校野球を見ながらおしゃべりをしている間も、ばあちゃんは窓の外で起きることによく気がつく。あら、トウヒ（鳶）来たったよ。この時間になると来るのね、夕方には2羽になるの。外のお勝手さいると、おらの手から食べ物を盗ってぐのよ。じいちゃんさ怒られるんだけど、おら、残飯さ庭に撒くの。

7年も経ったがあ、津波のごとさは思い出したくもにゃあ。うちより酷い人さたくさんいるがら、語ることにゃあ。おらには人様さ語る苦労は何もにゃあ。ただ働くばり働いて、80年経ってしまった。嫁さ来て毎日ここから海見てたけんと、今度防潮堤さ建つんだと。でもいままで散々見だがら、それでいいのね。

おらはどごも遠くさ行がないの。あっことあっこに同じ歳のおばあさんいるがら、ときどき行っておしゃべりするのね。後ろの山削ったとこさ家建てた人もみんな昔から知ってるがら、特に困ることもにゃあ。草取りして畑して、ここさ座って1日終わり。やあ、トウヒ来たった。カズラきれいに咲いたったがねえ。

二人目のばあちゃんは、私が初めて陸前高田で出会った人。いままで地域の仕事が忙しくてなかなか会えなかったけど、80歳を前にすべて辞めたそう。外に出なくなって、めんだ鬱が？　って言われるのよ、といたずらっぽくガハハと笑う。あがらいん、ちょうど外眺めてたったら、あんだ見えたっけ。いがったなあ。

友だちのこと、孫のこと、嫁姑のこと、ご近所さんのこと、お母さんのこと、ばあちゃんは止めどなく話す。戦時下のことも津波のことも、勤め先で経験したいじめのことも一緒くたに話す。ガハハと笑いながら、ときどき目を赤くしながら話す。

自分が辛い状況にあっても、もし自分がふたつ持っていたら、ひとつは困っている人に渡す。人には辛くあたらないでできるだけ施す。意見はするけど、自分だけが辛いことはなるべく口にしない。明治生まれの母から教えられたという信念を、ばあちゃんは戦後やいじめられたときや津波の後のあれこれを例に挙げながら話す。

小さかったからあんまり覚えてねんだけどな、これは兄やが出征したときの写真だ。うちで三人行ったんだけど、この人さは戦死したの。遺骨さ帰って来っとき、両親が駅さ迎えに行ったんだけんとな、中身は石ころだったんだね。姉やはその夜に骨箱抱いた両親が泣いてたのを見て、それが忘れられないって。

戦争終わって何年か経ったころ、近所の人さ、あんだの家の兄さんみたいな人さ見たって言われたの。それで姉やと見に行くべと外さ出でね。したっけ、三人の兵隊さんが暗闇の中を歩いて来て、顔は見えないのね。兄やの名前さ呼ばったら、はい、そうです、って言ったの。私その暗闇さ忘れらんねえの。

三人目のばあちゃんは、仕事先でお世話になった90歳。数年前に足を骨折して車椅子になると言われていたのに、しゃきしゃきと歩いて出迎えてくれる。

あーらあ、珍しい人さ来た。ほら、わんこも元気でいたったよ。まず仏様拝んで、そしてあがらいん。

津波で嫁と孫が死んでね、そのあと息子も病気で死んで。同居孫は出て行って、春から一人暮らしだでば。長く続いた店も廃業、こんなことになると思わなんだ。戦争もあったべし、嫁さ来てからも働くばりでね。お父さんも難しい人で、ご近所さんにもなんぼ気を遣ったか。ほにほに、色々あった。

今はヘルパーさん来てくれてありがたいんだけど、車ないからどこさも出られにゃあ。そったら、お向かいさんが豆の苗っこくれたんだでば。それさ家の脇さ植えだの。したっけ、食べきれにゃあぐれえなるんだもんね。土って本当にありがたいごと。去年からそんな風に野菜さ育ててるんだでば。

あんだにもやるから待ってろと言って、ばあちゃんは台所へ。丁寧に小分けされた生野菜や漬物がどんどん出てくる。ひとりでは食べきれないから、みんなさやるのね。90歳で百姓2年目だから慣れないもんだけど、こんなに立派な実さなるんだもんね。ああ、あんだ来て良かったよ。冷蔵庫さすっきりした。

また近く来たら寄ってがいんよ。ん？

明日もいるの。それじゃ悪いんだけど、仏様さやる花っこ買ってきてけんねえ。産直かスーパーでいいからね。悪いね、また明日ね。

――

最近では、まちの人たちからも日常会話レベルでは津波の話題が出にくくなった気がしている。仮設を出た人が増え、店も本設になっていくと、かつてのまちの痕跡を見ることや被災の経験を色濃く感じる瞬間が減る。時間が経ち記憶が薄れるということもあるけど、出来事を想起させる事物が物理的に減るということもある。

「まちづくり」も思い描く段階が終わり、目の前に出来つつあるものをどう使いこなすかが問題になってくると、かつてのまちのことを考える時間は減るのだと思われる。まちへの想いが強い人たちが大切にしていた歴史、伝統（あるいは鎮魂）という物語を、目の前のまちに実装していくのはなかなか難しい。

日常は強くて尊い。目に見えるものは思考に大きく影響する。目に見えなくなったものを想起するための回路をつくっておきたいと思う。いつか、誰もが忘れてしまってもいいように。

これは一見防災のことを横に置いているようですが、防災のことこそ、繰り返し話を聞いたり訓練をしたりして身体化するか、目に見えるところに情報を起き続けるように徹底しないといけないのだとも思う。

――

（ずっと語れないままの人もいるだろうけれど）語り出すタイミングは人それぞれ違う。体験が消えることはなく、トラウマが身体に染み付いている人も多いだろうし、さまざまなストレスが収縮しながら纏わりついている人もいる。それでも日常は強く進む。どうか彼らがひとりぼっちにならないように、と思う。

七月二十五日

災害公営住宅の屋上で、おばちゃんが風景を眺めていた。ここさから毎日見てっと、学ぶものあるよ。工事の人たち、休憩の前には片付けきちっとしてるんだよねえ。彼らはよそから来てるでしょう、高田のためにって意識が強いんじゃないの。それに比べて私たちはって思うと、引き締まるよねえ。有り難いよねえ。

高田の人だけじゃここまでできなかったと思う。みんなさ助けられて、こんなに立派にしてもらってねえ。あとはこれを私らが生かせるかどうかだが、支援支援で気持ちが緩んでしまった人たちに、それができるか心配だごった。本当はさ、有り難いごとしてもらったら、お返しまでしねばなんねんだもんね。

若い人たちに帰って来てもらいたいがなあ。勉強した人たち、都会さ行ったままになるがらす。私もそうだったから、気持ちもわがる。でも、最後には帰りたくなるのさ。そのときにふるさとがちゃんとあるように、しておかねばなんねえこともあったんだよなあ。

七月二十七日

校庭に建てられた仮設住宅が解体を待っている。夏休み、まだ校庭も使えないし、工事も休みだと本当に静か。あまりにもしんとした学校は、なんだかとても不思議だった。

七月三十日

東日本大震災のとき、多くの人が何かしたくてボランティアに行った。3月の震災だったけど、ゴールデンウィークや、夏休みにも多くの人が遠方まで出向いた。そこで、自分と同じような人と出会ったり、被災した人たちから逆に励まされたりした。現地に行くことで救われた人がたくさんいた。

ボランティアに行く人たちは、手伝えることが何かあればなんでもしたいという気持ちと、その場所で本当に何が起きているのか知りたいという欲望を併せ持つ人が多かったように思う。私もまさにそうで、現地に身を運ばなければ気が済まなかった。

いま、西日本でボランティアが不足しているという。さまざまな要因があると思うけど、7年前にどうしようもなくその場に行きたかった人たちは、いまはどこにいるだろう。

あのとき現場におそるおそる足を運んで、大災害を目の前にするとはこういうことかと感じた人たちは、その経験をしたたかにも日常に生かして暮らしているだろう。私もその恩恵を受けているひとりだ。

困っている人がいるのは、あのときと変わらない。だけど、この7年で大災害が相次ぎ、遠隔地からの情報による被災に、どこかで慣れてしまっている私たちがいる。ボランティアに頼らないで公共がやれ、という言説も増えている。ひとつの観点では正しいけれど、さみしいことだと思う。

被災から間もないころ、陸前高田のおばちゃんが、被災したまちを前に猛烈に話す姿を見て、津波が置いていったものは巨大なさみしさだと思った。あの人がいなくなったのに、風景が壊されたのに、すべてを失ったのに、知りたいのに、わかりたいのに、触れたいのに。誰かに気づいて欲しい、でもそれが為されないことがさみしい。

いま、西日本の被災を受けたまちにも、あのさみしさに似たものがあるとしたら。きっとそれは、人が関わるという方法以外では、なかなか小さくならないものだと私は思う。

災害の起こり続ける時代に突入して、私たちはそれでも日常を続けていく技術を身につけつつある。それによって、どこかの誰かの強烈なさみしさを、見ないふりをしてもよい、ということになってはいないか。

さあ、どうしていこう。どうしたらいいだろう。何からはじめればいいだろう。私たちはふたたび、さみしさを分かち持つための努力をできるだろうか。

八月一日

陸前高田、夜中の要谷漁港。真新しい防潮堤がそびえ立つ。南側には階段が付いていて、登ることができる。まるでピラミッドのような不思議な形。山々の曲線とのコントラスト。

——

小さなまちの商店同士は、まちを盛り上げる仲間であると同時に、決定的なライバルでもある。人口減少、道路整備で隣町との行き来がよくなっている。しかも復興過程でまちの形が定まらないとなると顧客獲得が難しい。飲食店が一店舗増えるだけで大変な緊張感が走る。まちの分断も生みかねない。

震災から7年で経営者も歳をとった。震災後のまちにいかに関わっていたかが、仲間内の評価に厳しく影響したりもする。人間関係はとても繊細で、「まちづくり」に口をつぐむ人も増えた。小さなまちの商売は、金銭のやり取りで競争するためだけのものではないはずで、ともに生きる仕組みにならないと、危うい。

八月九日

知人の闘病期に、割と近くにいさせてもらったことがある。彼はまちの中心的人物だったが、自分の病の重さを知ってから、疎遠になっていた人たちに再会するようにして、その社会的役割を整理していた。小さなまちの中で関係性が絡まってしまった人たちに、死期が迫っているからこそ、再会することができた。

立場や考え方の細部の違いを越えて、あとは任せたぞ、と大好きな後輩に伝えられた。そして病室でみんなで泣いた。そううれしそうに報告してもらったことがある。その後復調した知人は、何度かその後輩らと飲んだりしていた。死にゆく人がつくる場には、悲しみを背中に隠しあいながらも、たくさんの笑いがあった。

命の終わりが近い人がつくる特別な時間があった。それまでの諍いや誤解で生まれたトゲも、その場では見えなくなる。細かな議論はできなかったけど、それだからこそやっと話せることがある。なあお前、幸せになれよ。いいまちにしたいよなあ、俺たちのまちだもんな。

誰かが病で亡くなったこと知るたび、その人がつくった時間のことを思い出す。豊かで優しくて、特別な時間で、たくさん笑った。

知人が亡くなって3年余り。まちの問題も人間関係も相変わらず難しくて、時間が経つにつれてしんどくなっていることもたくさんある。あの人が生きていればもうすこし、なんて言葉を聞くこともある。しかし、とても当たり前のこととして、生きている人たちで何かをしなければ、何も変わらないのだ。

死んでしまった人の遺志に縛られる必要はないし、それを利用したくもない。だけど、その人がやろうとしていたことに共感するなら、生きている人たちなりのやり方でそれを引き継がないと、可視化し続けないと、思いのほかはやく、それは消えてしまうものだなとも思う。

その一方で、生きている人は、亡くなったその人の無念、というものに、身勝手に引きずられすぎないようにと思う。彼は彼で命を全うして、自分にはできなかったことを受け入れる時間を、それを託す人と話す時間を、たしかにつくったのだから。痛みと向き合いながら、そこまでやりきったのだ。

八月十日

浪江町の海辺。津波に洗われた土地に、壊れたままの建物たち。白く立ち枯れた林。仮設の焼却処理施設には重機が出入りしている。すぐ近くの集落で、壊れた家の片付けをしているじいちゃんに会った。ここは11軒あったが、1軒しか戻ってこないね。うちも隣町に越して、この家も今月中に解体するがね。

八月十二日

南三陸。福祉作業所の流しそうめんに参加する。その人は口いっぱいのそうめんにむせながら、花巻旅行でイカを食べてうまかった！　というのでつい笑ってしまう。その後スタッフさんのお話によれば、彼は地震の恐怖でトイレに篭り、別のスタッフが対応していたときに津波が来て、天井すれすれで息をして助かったそうだ。

見せてもらった写真には、津波によって生々しく破壊され、すべての日用品がごちゃ混ぜになり、泥や木片が散らばって汚れた室内が写っていた。ここに彼がいて、灰色の水の中で死ぬ思いをしていたとは。いや、この場にいる人たちの半数ほどがそのような思いをしていたとは。いま、ともにいる不思議を思う。

確かに隣にいる身体の温度や手触りが、改めて分厚いものに感じられた。ここにいる人たちが話したり笑ったりしていることが、ずんずんと響いてくる。すると、亡くなったというメンバーさんたちもここに混ざっている、なんの違和感もなくここにいるのではないかという気持ちになった。

お盆休みに入る前にと、今朝はみんなでお墓参りに行ったのだという。

八月十四日

野田村。海と陸地を分かつ巨大防潮堤。

八月十八日

野田村。海の近く、被災した地区は広い広い公園に整備されていた。自転車でまちへ買い物に行ってきたというじいちゃんは、公園の隅に建てられた東屋に毎日立ち寄るという。元のところに建てちゃいかん言うから、いまはあそこ。高台に伐り拓かれた住宅地を指さす。海？　あそこからは何も見えねえよ。

生まれてからずっと同じところに暮らしてたんだども、津波で流された。また同じところさ建てようと思ったけどな、制限かかって暮らせないって。ああ、家からは海が見えたよ。いまはあんなの建ってしまって、何も見えないね。さみしいっつうか、まあ、こうなってしまったんだよ。

毎日家のあったところに行くの。午前中、ほとんど毎日。畑だの花だのやるの、百姓だから。トウモロコシはまだ実が小さいし、ジャガイモもまだ食べさせられないけどね。じいちゃんが教えてくれた場所に行くと、家の敷地跡いっぱいに、丁寧に区分けされ、手のかけられた畑があった。

玄関跡をくぐり、細い道の右手には網のかかったトウモロコシ畑。左側にはジャガイモ、奥には銀布のかけられたミニトマト苗。重ねた木材の隙間には玉ねぎが干してある。風雨に晒されボロボロの茶だんすには使い込まれたはさみや紐類が入っている。ちょこちょこと置いてある小さなベンチ。いつか枯れた花たち。

玄関のあった場所から海の方を望むと、巨大な防潮堤。かろうじて波の音が聞こえる。見渡すと、じいちゃんの家のように、畑や花壇になっている敷地跡がたくさんある。ここに住めなくても、同じ場所に通い、付き合い、手を入れ続ける人たちの姿が見える。

このまちの人が手を入れて更新し続けるささやかでうつくしい風景と、それを遮る真っ白い防潮堤。この地続きに海が見えたのなら、どれだけよい風景だったろう。海と地面の間を手探りでおこしていく、人びとの暮らし。蝶などもひらひらと飛んでいる。

—

スーパー堤防を越えた津波に洗われた田老では、新たな堤防工事が進められている。通りすがりのおじちゃん曰く、堤防があったおかげで遺体も財産も海まで流されなかったのさ。堤防がなくて遺体が帰ってこない地域もあったでしょ。それは辛いから、またここには堤防が必要だという考えになるんでないの。

九月一日

郡山。脳性まひ当事者団体のおじちゃんにお話を伺いに。すこし緊張しながら事務所に入ると、おじちゃんは、よっ！　と手を挙げて車椅子をするすると操り、出迎えてくれた。私の質問をふんふんと聞き、一瞬で理解して話しはじめる。発話はスムーズではないけれど、その分少ない語彙で的確に話してくれる。おじちゃんは淡々と話す。40年活動したって変えられなかったものがある。でも動ける障がい者が他にいないから、な、やるしかないな、と笑う。やりたいこと、やらなきゃいけないことがたくさんある。まずはこのまちに障がい者が自立して暮らせる住宅をつくるよ。震災も原発事故も相模原の事件も、おじちゃんは当事者にこころを寄せながら、でも動転せずに淡々とやらなきゃいけないことをやる。絶望したって動きは止めない。一方で頼って、関わる人を増やして、高い声で笑ってる。かっこよかった。

九月三日

陸前高田。嵩上げの土地で草取り。土がふかふかですぐ抜ける。造成工事の土は乾いているととても硬いが、雨に濡れるとすぐにやわらかくなるみたい。いくら草をかき分けてもほとんど虫がいない地面に、自然ではない、ということを改めて感じた。その後訪ねた山間の花畑には、さまざまな虫、鳥、動物、匂い。

嵩上げのために削られた山は、いつの間にか緑色に染まって、なんだか角が取れたみたい。4年ほど前になるか、伐られた当時は角張った赤い土が剝き出しで、痛々しいと感じていた。この変化を再生と呼んでよいのかは、まだよくわからない。

九月五日

陸前高田の新しい市街地に出来た公園にて、小学校一年生の子どもがはしゃいで遊んでいたという。あまりに楽しくて帰りたくないといつまでも遊んでいた。夜になって、本当にくたくたで家に帰って、よく遊んだねと声をかけると、楽しかった！　だってお友だちと遊んだの初めてだもん、と答えたという。

震災後、学校の校庭には仮設住宅、公

園は被災で少なくなり、送り迎えはスクールバスか自家用車。工事中の道が多く、子どもの足では行き来ができない。いままで、子ども同士で遊ぶ場所がなかった。7年経って、それに大人がようやく気がつく。もしくは、気づいていたとしても、どうしようもできなかった。

仮設暮らしのばあちゃんが、子どもの無邪気さに救われる、と教えてくれたことを思い出す。当時は確かにそういう実感があった。子どもの子どもらしい振る舞いや言葉に、大人はいつも救われていた。

いまになって思う。遊び場のなかった子ども、友だちに会えなかった子ども、大人の前で弱音を吐けなかった子ども、気持ちを言葉に出来なかった子ども。被災によってさまざまな面で余裕のなかった大人たちのかたわらで、子どもたちは我慢を重ねざるを得なかった。彼らはより弱く、守られるべき存在だったのに。

あのときの子どもたちが何を思っていたか、何を得ていたか、いつか聞いてみたい。

時間が経つと、さまざまな視点が現れてくる。すべてのことに同時には気づけないけれど、あのとき見落としてしまっていたものに、数年後にでも気がつくことは、きっと必要だ。

――

元公務員のおじちゃん。被災当時、マニュアル通りに駐車場で避難誘導を行っていた。その後大津波が来て、まちは呑み込まれてしまう。おじちゃんは急いで施設の屋上へと駆け上がる。途中で流されて行く若いワイシャツ姿の人たちを見たけれど、何もできなかった。

あのとき、山に上がれ！と言えればどんなに人が助かったか、とおじちゃんは泣きそうになりながら語る。でもね、あのとき過《よ》ぎったのはさもないことさ。上司の顔とか規則のこととか。そんなこと気にせず、自分の勘を信じて叫べばよかった。でもできなかった。それが事実。情けない、申し訳ない。

おじちゃんは公務員を退職して、新しいまちを自転車で走ってる。地元のお店でご飯を食べて、放置された区画の草刈りをゲリラでおこない、工事の砂埃で汚れたガードレールを磨く。こんなことして何になるんだって思うだろうけんと、やっぱりあのときの申し訳ない気持ちがあるのかもしれない。

流されたまちを自分の眼で何度見ても、それが事実だということが腑に落ちることはなかったという。腑に落ちないまま、被災物の撤去、建物の解体、復興工事と進んできた。新しいまちの上に確かに暮らしはあるけれど、その前の暮らしといまの暮らしがすんなりと同一線上に繋がることは、なかなかないかもしれない。

交わることのないかつての暮らしといまの暮らし。その両方と、亡くなった人たちを悼む気持ちを胸に抱えながら、ずっと生きていく。それは、そういうものでしかない。けれど、子どもたちは違う。彼らには、いまのまちしかないのだから。彼らにとって暮らしよいまちを、長く続くまちを、つくっていく。

―

撮っててけらい。思い出残すべし。津波でなんもかんもなくなったんだもの。

九月六日

あんまりたくさんのものを失ったから、もう何にも失いたくないんだよね。瓦礫になった建物でもでこぼこの道路でも、壊れた橋げたでも。失うことに敏感になってしまってるんだよね。

九月七日

災害続きの島国で、いかに生き抜く方法を得るのか。教訓はさまざまな言葉となって転がっているけれど、一人ひとりの腑に落ちているかといえば、そうではないだろう。個人の体験を想像しあう余地をつくり、誰かの体験は私のものでもあるかもしれないと感じられる技術が生まれれば、それは成されるのかな。

―

随分久しぶりで住田の散歩道。このまちに暮らしていた3年間、ここを歩きながらいろんなことを考えて、書いてきた。ひとりになるのにこんなにいい場所はないなあ。湿気っぽくてあまい匂い。

高田から住田に続く道路の道幅が広くまっすぐに変わっていて、不思議とさみしい気持ちになった。ここを走りながら泣いた日もあったし、誰かにもらった言葉を抱えてほこほこと帰る日もあった。それらの感情が、出来事が、あの道路の形と一緒になくなってしまったように思われた。まだ、失うには早い。

だけどもし、こうやって道の変化に気づかなければ、あれらの感情も、出来事も、思い出すことすらなかったかもしれない。大きな変化が、それが確かにあった、という記憶を掘り起こしてくれたとも言えるのだろう。

失うことで、ふっと出会い直せるものがある。それはほんの一瞬のことだけれど、また摑み直せば、しばらくは一緒にいられるのだろうかな。

―

死んだ人にインタビューしたいよな。あのときこのまちには2万3千人が暮らしていて、2万3千通りの震災があるんだよ。震災は、生き残ったやつらだけのものじゃねえんだ。

九月八日

いま陸前高田の人が遠くから来た人に語る話は、震災の当日のことと現在の暮らしやまちづくりのことが多くを占める。7年間どのように弔いをしてきたか、自分や近しい人の気持ちとどのように向き合ってきたかなどはなかなか語られない。すっぽり抜け落ちたその時間こそが、互いの共感のためにとても重要な気がする。

その部分こそが、あのとんでもない体験といまを結ぶ媒介に違いない。それは、被災の中心とその外を数珠繋ぎに結んでいくものでもある。そこを描くこと、また語り直すことが物語の仕事なのだと思う。

――

死んでしまった人の思い出話すらできないのって、さみしすぎると思う。死んだ人は、(この世では)誰かの語りのなかにしかいられないのに。別れ際のトラウマで、その以前にあった生が触れられないものになってしまうのは辛すぎることだ。

やはり気になるのは、震災で亡くなった人たちのこと。その人がどういう人だったか、震災前はどんな関係だったか。いままではなかなか楽しい思い出話を聞くことがなかった。あまりにショッキングな別れ方だから、生きている人が彼らについて語るのにはまだ時間がかかるのかもしれないと思いつつ。

亡くなったその人を知っている人同士だったら、思い出話に花が咲く時間があるのだろう。けれど、外から来た人間にはそれはできない。語りが生まれない限り、死者の存在、彼らのパーソナリティは空白のままになり続ける。

ある息子を亡くした父親に、彼は一体どんな人だったのかと尋ねてみると、どんな人だったのかねえと言って、ぽつぽつと思い出話をしてくれた。そして、でも俺は家にいる時間しか知らないんだよな、学校の担任や当時の恋人の方がわかるかもしれないから聞いてみて、という。

ひとりの人間の像というものは、関係する幾人もの人たちに支えられている。ある人のことをすべて知っているように語れてしまう誰かなどいないのだ。

一方で、戦死した兄について語るおじいさんは、70数年を経て、「兄貴はこういう人だった」と語る。その人について語れる人がもういないことと、長い時間が経っていること、聞き手に伝わらないだろうということへの諦めが、その人のパーソナリティを言い切るような語り方に繋がるのかもしれない。

——

訪ねたお家で突然バーベキューがはじまり、そこで震災直後の消防団の話を聞いた。以前私が勤めていた写真館の店主は当時のことをほとんど語らなかった。消防団の仕事は凄まじかった。店主がつぶやいていた言葉の裏にあったものたちを知り、言葉が含んでいた意味合いや感情をやっとすこし想像できる気がした。

店主の死が、というよりは、店主が語った言葉たちを私はいまだ全く理解していない、ということが引っかかっている。と気づいた。

それが情けないし、すごくさみしいんだよなあ。

九月二十一日

6年生の教室からの風景。私が初めてここに来たときには流された市街地がよく見えていたけれど、その後公営住宅が建ち、奥の方まで土が盛られ、新しいまちが出来た。昨年頃からは、市役所を建てるために校庭に土が盛られている。風景は淡々と更新されていき、代々の6年生たちがそれを見つめ続けてる。

津波が一階まであがったという小学校は、来年度中に高台へ移転する。被災建物の跡地に市役所が建つことへの反発もある。いま、市役所の建設準備のために校庭が埋め立てられたため、子どもたちはすこし離れた場所につくられた仮設グラウンドまで歩いていって体育の授業を受けている。

九月二十六日

テキストの中で「津波に洗われた」という表現をしたところ、「洗う」という言葉には「きれいにする」という意味があるから、東北の人たちを傷つけるのではという指摘をもらう。私としては、「被害に遭う」という言葉の強さの方に当てられると思い、それを使わないという選択と、津波は自然災害であるため、そこで暮らすこと自体が、津波に遭う可能性を常に持っている／津波とともにある生き方（事後的にもそれを自覚する）であるという感じを込めて、「津波に洗われた」という表現を割と長く使ってきたところがあった。

また「土地に入る」という表現も「土地」という言葉は無機質な感じがするから、「地域」や「コミュニティ」に入るという表現の方が適切ではないかという指摘もあったが、自分の行為は後のふたつの言葉とは違うと思って使ってきた。むしろ「土地」という言葉には「地面」を感じるから、有機的なイメージがあった。

7年くらい積み上げて出来てきた言葉遣い、文体というものを、自分としては強く信じているし、そうしないと何も書けないところがあるけれど、全く別の視点で指摘をされると、その感覚自体がガラガラと崩れ落ちていくように思えた。

九月二十七日

野田村のじいちゃん家、島越駅、田老のおじちゃんのお店をそれぞれ再訪し、お話を聞く。2度目の訪問は無条件で初対面よりぐっと近くなり、思わぬ語りに出会える。帰り際の、まあ、また近くに来たら寄らっせ、のあとの、寄るようなことはなかべけんとも、のさみしさが、車を発信してからじんわり響く。

九月二十九日

南三陸の福祉作業所、果樹園のばあちゃん家、小学校、それぞれでお話を伺う。津波で被災した南三陸の福祉作業所が、震災後初めて再開したという山あいの土地へ案内してもらう。海辺とは違いとても静か。虫が鳴く、キジが通る。あのときこの場所にどれだけ癒されたか、とつぶやくスタッフさんの顔が緩む。

ばあちゃんの秘密の窓からは海が見える。あら、あんだだちにはこんなのきれいなのね。わがんにゃあ。俺は毎日こればり見でるがら、そんなのわがんないの。

小学校は、来年度中には山際に移転。大津波と復興工事によって、窓から見える風景のほとんどが変わっている。それでも不思議な秩序があるというかなんというか、とてもきれい。このまちは光がつるつるしてると思う。

九月三十日

山元町で民話語りのばあちゃんにお話を聞きに行ったら、自慢のお庭からじいちゃんが現れた。94歳、火の災難と水の災難に遭ったと笑う。仙台空襲と大津波を繋いでいく語り、ひとつの生きた身体。まず、戦争は勝っても負けてもろくなことがねぇね。武器買うと弾欲しくなるから、買わねぇ方がいいこった。

日々付けているという日記は、メモ、通常版、編集版と三段階になっているという。ご飯のこと、時事問題のこと、畑と庭のこと、ばあちゃんのこと、家族のことなどが細々と綴られている。「おかげさまで今朝も目が覚めました。こんなに幸せなことはありません」折に触れて繰り返される感謝の言葉。

「朝食のあと老人2人、仲良くカルピスを飲んだ」「ばあちゃんは今日も仕事をがんばっている」。じいちゃんの日記を読み上げると、そんなこと書いてあったの！ とばあちゃんは笑顔に。

じいちゃんさっきお庭の陰で、ばあちゃんは賢い女性だって言ってたよと伝えたくなったけど、なんとなく黙っておいた。

十月三日

山元町の海近くの集落にて、福祉作業所スタッフの女の子に話を聞く。震災当時中学三年生、新社会人として地元に就職したばかり。亡くなった同級生のこと、その子の彼氏だった子のこと、馴染めなかった高校のこと、心理学を学び震災後の自分の状態を捉え直していること……迷いながら丁寧に語ってくれる。

震災の当時子どもだった人たちが、7年あまりの間に自らの言葉を獲得し、いよいよ語りはじめる。あのとき何を見ていたか、考えていたか、なぜ語れなかったのかが、おずおずと語られはじめる。やわらかく抑圧されてきた言葉たちが、すこしずつ陽の下に晒される。

あの日ちょうど中学校の卒業式が終わって家に帰ったところで。地震がすごかったので海辺の小学校まで弟を迎えに行って、そして家族と一緒に車に乗って、この道を逃げて。結局家は一階の天井まで津波が来たんですよね。それでしばらく内陸のみなし仮設みたいなアパートに住んでいました。

高校はちょっと離れてたので、津波の話とかする感じでもなかったですね。するのは、地元の友だちくらいかなあ。なんとなく高校時代は馴染めなくて、友だちいないって感じですね。部活では俳句を書いてたんですよね、震災のことも、うん。書いてましたね。

地元の幼なじみが津波で亡くなったんです。それで2年後くらいからかな、命日の日には当時のグループで集まるようになりました。その幼なじみも私も絵を描くのが好きで。でも彼女の方が上手くて。もらった絵とか、通学カバンに入ってたのに流しちゃって、それがすごい残念っていうか。

私は家族も家もなくしてないし、もっと大変な人もいるし、津波とかそんなにって思うんですけど、その子が亡くなったことだけは受け入れられないっていうか、わからなくて。でもその子の彼氏だった子は本当にしんどそうで、いまもＬＩＮＥが来るんです。あのときすごい幸せだったのになんでって思うって。

いま思い返すと、私も震災後はおかしかったかなって思うんですよね。全然違う環境に暮らすことにもなって、弟とかも荒れちゃってたし。父は新しい家に馴染めなくて壊れた家にひとりで暮らしてて、兄はそうこうしているうちに家を出て。だからあの日以来、家族6人揃って暮らすことは、結局なかったですね。

あ、動物は好きで。当時犬と鳥を飼ってたんです。津波から逃げる途中で私が、犬！　って車を止めようとして、母に怒られたのを覚えてます。結局犬は流されてしまって。でも当時たしか半年間くらいかなあ、父は犬が亡くなったことを教えてくれなかったんですよ。上手く逃げたんじゃないかな、とか言って。

鳥もきっと。鳥かごが壊れて瓦礫の中にあるのを見ましたから。ああでも、鳥は飛べるから、わかんない。

うちの前はいま草っ原みたいですよね。えっと、でも確かそこにも、あっちも、ご近所さんっていうか、いて。誰が住んでたとかははっきりわかんないんですけど、家がいっぱいあったんですよね。そこはばあちゃん家だったんですけど、なぜか道路の向かいはすっかり流されて、次の日来たら何もなかったです。

彼女は丁寧にゆっくりと語る。まるで、いま初めて言葉にしているというように、しばらくぶりの小さな再会に驚くようにして。地元で職に就き、直された自宅の二階に暮らす彼女は、いやあ、でもほんと、明日職場で何が起きるかが普通に心配ですねと笑いながら見送ってくれた。

——

ふと、陸前高田の女子高生の話を思い出す。地元出ますよ、一度出て世の中見てこいって母さんも言うし。だってほら、高校生の居場所ないっすよ。子どもの頃から校庭には仮設住宅だし、公園も流されてるし、遊びに行ける友だちの家もなかったし。いまは居酒屋は出来ても子どもには関係ないし、喫茶店は高いし。図書館行っても喋れないしなあ。家、学校、家、学校の往復っすよ。遊びに行きたいって親に面倒かけるのも気がひけるっていうか。親が大変なのも、大人みんなに余裕がないのもわかってるし。だから外に出て、まあいつかこのまちが盛り上がって来たら帰ってきたい気持ちはあるっていうか。まあ多分好きなんですよね、地元。

喪ったもの、壊れたものを目の前にして、必死に暮らしを立てようとする大人たちを奮いたたせてきたのは、他でもない子どもたちの声だった。という話を、被災したさまざまなまちで幾度も聞いてきた。数年の時を経たいま、そのとき子どもたちが何を思っていたのかということが、やっと明るみに浮かんでくる。

ひどく傷ついた人たちのその影に、しかしもっと声の小さな人たちが、確かにいたのだ。

あのとき確かにみんなで笑っていて、それは楽しい時間であった、というひとつの実感がある。しかし数年が経ち、改めて当時の状況を整理してみると、あのときしんどかったり泣きたかったりした自分も確かにいたのだと気づくのだ。ああそっか、そりゃそうだった、と。

当時の学校の卒業アルバムには、笑顔で遠足に行ったり遊んだりしている子どもたちがたくさん並んでいる。しんどい日々だった子もたくさんいたのだろうけれど、あれはすべて違ったのだ、というのはまた、随分と思い切った嘘のように思えるのだ。

十月四日

陸前高田では昨年から嵩上げ地の上での生活がはじまっている。まだまだ未完成だけど、ショッピングモールや知人の店も並んでいて、私自身もそこで買い物や食事をすることも多い。

復興工事が盛んになった頃は、流された土地に花を手向ける人たちが立ち入れなくなること、山が崩されることへの憤りが強くあり、土の上に出来るまちに対しても懐疑的だった。いまもすべてを肯定する気持ちではないけれど、それでも新しいまちで育まれる日々の営みを愛おしく感じているのも本当のこと。

矛盾を孕んだ生活を営んでいくことはむしろ、とても普通のことだとも思う。復興工事に対して憤っていたあの頃の気持ちも本当で、というよりいまもそれは平行して存在するけれど、生活の中の比重でいうと小さくなっている、という感じかなあ。だからこそ当時の気持ちは、捨てずにとっておこうと思う。

でも、それだけだと足りていないと感じている。いまこそ、また、物語が必要な気がしている。それはきっと生活からすこし遠いところにあって、矛盾をもたらす一つひとつの要素を無視しないための、ユーモアを孕んだ未だ見ぬ思考回路、みたいな感じだ。

十月十八日

夕暮れ。高台の福祉作業所からは保育所の子どもの声、復興工事に従事する車両と帰路に着く乗用車の音、小学校の帰りの放送が遠くに聞こえる。もともとこの作業所は山の上にポツリとあったのだけれど、震災を機に辺りが造成され、住宅地が建ち並ぶ予定。これから人通りが増えて、きっと声が近くなる。

障がいのある当事者。震災後に県外の団体と交流がはじまり勉強会に参加する中で、自立するという発想を初めて持ったと彼はいう。自分の思うように行動ができないこと、将来への不安に対して自分は何もできないと思っていたけれど、それは考えが甘かった。仲間と喫茶店をやるという夢を持つようになった。

まずは一人暮らしをして、障がいのある仲間たちが集って話せる場をつくりたい。そこで作戦会議をしよう。障がいがあるということをひとつの武器にして、自分たちにしかできない仕事がしたい。自立して、自分たちの思うような暮らしがしたい。将来への不安だって、自分たちで向きあう準備がしたい。

東北の被災地で、障がいのある人たちや福祉に携わる人たちからぽつぽつと聞く話。震災があってから障がいのある人たちの自立や権利に関する理解が深まったという。県外の人たちから学びを得て、当事者は自分たちにある権利を、周りの人は彼らにある意思を、ほとんど初めて認識したと。

十月二十一日

名取沿岸にてお世話になっている人にお話を伺う。実は数年前、他地区に土地を融通してくれる人が見つかり、家を建てようと奮闘していたという。しかし土地の利用目的がひっかかり、役所や議員に相談し続けたが2年間たらい回しになった。その間に土地が高騰し、大家に話を反故にされたという。

震災から3年も経つとさ、家建てる人さ出はじめて焦るんだよね。それで他地区でもいいかとなって、早く建てるべと走り回った。俺の場合は土地の利用目的の縛りで本当に大変な目に遭った。誰も本当のことわかってるやつさいねくて、自分で勉強しまくった。それでダメんなったから、あんときプチッと切れたな。

まあ、実際に別の地区に住んだら、まちの人になんて言われるかわかんないからよかったんでねえの、といま奥さんには言われるけんとな。

住宅再建、仕事、家族、コミュニティ、まちづくり、自然環境……そして亡くなった人たちのこと。気持ち、感情、思想、もろもろの手続き。被災した人たちは、考えるべきこと、やるべきことが多すぎて、本当に忙しかったと思います。私はそのほんの一部だけを聞いていたのだなとつくづく感じます。

十月二十三日

塩釜。生まれた島で85年間暮らし続けてきたじいちゃん。海は空気みたいなもんだからねえ、見えない場所に暮らすのはとても苦痛です。あれば気にならないんだけど、ないと大変な忘れ物したみたいな気分になってしまうんだねえ。7年間待ち焦がれた公営住宅。新しいお家からも、海がよく見える。

十一月十九日

長男が戦死して長女が幼くして亡くなって、三番目の私が跡取りになったんだねえ。家を出られなくなったのが悔しくて、兄貴が帰ってくる夢を見たもんだ。でもね、いま私は自分の人生はよかったと思っているの。先祖伝来の田畑で働くだけ働いてねえ。すべて津波で流したが、民謡と民話が胸にあるからねえ。

津波のときまで、小さな島で暮らした93歳のじいちゃんの語り。

十二月一日

新しい地面に新しい区画が引かれて電柱が立って、どこも〝誰かの持ちもの〟のようになっていた。工事の規模も徐々に小さくなり、それは〝復興工事〟から、どこの街角にでもある修繕の工事に近いものに思えた。夕焼けで光って、その細部がよく見えなかっただけかもしれないけれど。

対岸から眺めてみると、新しい地面とかつての地面の境界はよく馴染んでいる。12mの防潮堤も嵩上げ地も、すべて同じように夕暮れに染まってただそこにある。新しさを見つけるというよりは、風景はいつの日も変わらずそこにある、ということを思う。うつくしさを忘れることなく、含みながら。

嵩上げの土をつくるために削られた山には、宅地が出来たり草木が茂ったりしている。工事のはじめは茶色がむき出しになって痛々しかったが、時間が経って生きものたちの暮らしが宿ると、痛みは見えづらくなると知る。連れ立って歩くおばちゃんたちが夕暮れの海を見つめてる。やっぱり、おら家《い》はいいねえ。

どんなに大きな工事をしても、草木が茂り、暮らしが宿り、やがて人の目は慣れてしまう。一時剥き出しになった、自然との折りあいに関する倫理的な問いや、記憶のよすがを手放した痛みは、いまどこにいっただろう。何かを問いかける声たちは、聞こえなくなったからと言ってもう聞かなくてよいのだろうか。

震災からもうすぐ8年。一つひとつの歩みが着実につくりあげてきた暮らしの姿に驚きながら、まっすぐに敬意を持ちながら、同時に、あのとき出くわしたはずの問いを身体の中に持ち続ける方法を探りたい。忘れないでいるべきものを、やっと見つけたような気もしている。

——

2カ月ぶりくらいでお墓参り。高台の住宅が更に増えて、ご近所さんが増えたように思う。めまぐるしい人間の営為を見つめながら、暮石たちは何を思っているだろう。はやい、遅い、正しい、不安、鼓舞するような、訝しがるような、進め、止まれ、がんばれ、休め、待つ、待っている、待っていない。

―

簡素な階段をつたって、巨大な防潮堤を上がる。海風が真っ向から当たって息ができない。風、波、葉擦れの激しい音で会話もままならず。とびきりの大風が吹けば、下まで転げ落ちてしまいそう。不自然な構造物を建てれば、自然の力が捻れて凶暴化するのだろうか。ここに大波が来たら、何が起こるだろう。

ぺらぺらと薄い壁みたいな防潮堤もある。海を隠すぬりかべ。歴代の津波より高いという防災公園よりのぞむ。ここまで来れば海が見える。今日もきれいな日。

まるで絵みたいな海たち。彼らとどう付き合いたいか、という問い。

―

市街地を走る。遠くに新しい地面、すこしだけ残ったかつての道路。汽車の線路は左右ともに土に埋まっているけれど、道路上には踏切部分の段差が残っている。かつてのまちの痕跡を見つけると、不思議な懐かしさを感じる。時間が縒れて、いまがいつだかわからなくなるような。まちの人たちは、いったい何を思うのだろう。

嵩上げ工事でかつてのまちは埋められた。と思いながら、え、いやいや、そこにあるよ、いつもと同じように、という鳥の視点を想像している。

十二月十日

津波で壊れたまちに首のもげたお地蔵さんが転げていたが、やがて直された。聞くと、地元有志の人が直したという。そのお地蔵さんのいわれはわからなくなっていても、一度形の与えられたものは、誰かが引き受けて直し、大切にするのだ。

そう考えたある人は、もう立ち入れなくなるわがまちに、自らの想いをこめた観音像を建てる。自分がお世話をできなくなって、なんのために誰が建てたさえかわからなくなっても、きっと誰かが引き継いでくれるだろうと思えたと言う。

十二月二十九日

数カ月前、嵩上げ地の上に信号が出来た。交差する車両が赤や青の指示に従うと、円滑な交通があらわれる。これからは互いの目配せや間合いではなく、画一化されたルールを守ればよい。まちが出来ていく。

―

初めて陸前高田に来た友人が、この地面が新しい地面だと思えないと言うので嵩上げの際へ。あの建物が建っている高さがもとの地面で、屋上のすれすれまで津波が来たんだって。あの奥の山を削って、この地面を作ったんだよ。彼は私の説明に、わかるけどわかんないねと呟いた後、うーん、やっぱりわからないと言った。

ここからだと崖が見えないから高さも感じないし、削られた山も草が生えて馴染んでるし、防潮堤で海も見えないし。あの山ももともとこの高さだといわれればそう思えるし、地面もしっかり固いし。っていうか、〝もともと〟っていつのことだろうってのもあるよね。たとえば100年前とかにこの土地を埋め立てていたとしても、このまちの人は、そこで生まれたはずの違和感に気づいて暮らしていただろうかな。自然であることと懐かしいことはきっと同じではないし、懐かしいことは正しいことではない。いい風景ってなんだろうね。気持ちよく暮らすってなんだろうね。

今回の大工事では、たった数年で地面をつくった訳だけど、多分この地面って100年経っても500年経ってもなくならないよね。本気で壊そうとして、また土木事業を行わないとなくならないよね。たとえ津波が来たってさ、きっときれいさっぱりなくなる訳ではないよね。それってなんか、すごいよね。

二〇一九年一月九日

ずっと〝語れなさ〟が気になってるけれど、最近は〝語らない〟選択についても気になってる。SNSなどを使って誰もが発信できる社会では、〝発信しなくてはならない〟という圧力がかかりがち。語らないことと語ることの境界をどのように選ぶか、〝秘密〟をどう保持していくかは、ひとつの戦いのように思える。

一月十九日

お世話になっている陸前高田の農機具屋さんに、新しい本『あわいゆくころ』を持って。おばちゃんはゆっくりとページをめくりながら、こんなに時間が経ったんだもんねえ、とつぶやいて、テキストの中に旦那さんの姿を見つけ、ケラケラと笑ってた。

そうそう、あの人、津波の直後にテレビ来たときにね、あと10年はがんばるって言っててね。5年目のときにもう一回問われたときも、また10年がんばるって言ったの。50年以上働いて、たった5年で何が変わるかって笑ってね。ほら、もうすぐ帰ってくるから、今日も聞いてごらん。きっとまた同じこと言うわよ。ねえ。

一月二十日

仮設住宅が建ち並び多くの人たちが暮らしていた校庭は、すっかり均されて無機質な砂利が敷かれている。ここでいろんな人と出会ったったなあ。悔しかったり悲しかったり申し訳なかったり、でも楽しいこともあったった。随分時間経ったんだもんねえ。何もかにも、忘れてしまいたくはないよねえ。

振り返れば、山際の集落から、復興工事で出来た新しい高台へと繋がる道が、やわらかく人工的な曲線を描きながらつやつやと光っている。ふたつの集落は遠いだろうか、近いだろうか。とことこと歩けば随分と時間がかかるけれど、すこし離れたこの場所から見れば、ふたつは重なってしまうほど近く見える。

一月二十九日

忘れだぐはないのす、でも忘れでしまうのす。――流されたまちには、〝これから〟を考えようというスローガンが溢れていた。その強烈な流れのなかで、現在に立ち止まって辺りを見渡すすことは、彼らにとってどんなに難しいことだっただろう。

一月三十日

記録という態度は、判断をいったん保留し、その奥にあるはずの大切なこと――感情や思想、課題、矛盾などにアクセスし、向き合うためにとても有効だと感じている。

二月九日

ある大切な言葉を、誰かの記憶を、忘れられない風景を、誰しもが使えるような開かれた場所に置くために、それが歌になってほしい、歌にしなければという気持ちがあって、私は物語を書いている。いくつもの身体をくぐることで、それらは遠い場所や時間まで届けられていくのだと思うから。

二月十四日

陸前高田の友人一家が嵩上げ地に自宅を建てるため、ショウルーム巡りをするというので、子守係として同行。お母さんはL字型のキッチンがいいんだって。流された家がそうだったから。

4年前に出会ったときは息子さんは生まれていなくて、奥さんは〝お母さん〟とも呼ばれていなかった。重ねてきた時間の厚みを思う。

あんたの本必死に読んだよ、俺は二カ所出てたっけな。と笑うから、いやいや、もっとたくさん出てますよ、奥さんはさらにいっぱい出ているけど。と言ったら、何い、と言って悔しがる。

ほら、ここの締めの一節はご夫婦それぞれから別々に聞いていたのが印象に残って書いたんです。と言うと、わあ、本当だ、私だ。えー、この気持ち、お父さんも同じだったんだね。高田の人たち、みんな何を考えているか聞けないって言うか、気を使うからさ、この本で知ることもあるんだよねえ。

ほら、最初の物語あるでしょ。それ、この子に読んで聞かせようと思って。この子もう嵩上げ前の高田はわからないでしょ。だからこの話、ちょうどいいと思って。覚えてないだろうけど、どこかで覚えてるかもしれないし、思い出すかもしれないし、この話から想像できるかもしれないし。

——

高田のおじちゃんからは動画が送られてきた。お孫さんと一緒に『あわいゆくころ』を読んでいる動画。おじちゃんは優しい顔をしていて、文章を声に出している。あのまちで生きる人の身体で再生される、あのまちの人がかつて発した言葉たち。それを受け取る子どもたち。尊くてたくましい現場。

おじちゃんは、おそらくかつて彼自身が語った言葉を本の中に見つけて、それをお孫さんに読み聞かせている。数年前の自分自身から、生まれたばかりの孫への受け渡し。そこに文章が介在することの不思議。継承とは。語り継ぐとは。物語とは。

二月十六日

死んだ人の言葉は身体の中で繰り返される。私しか聞いていないその声は、そのまま誰かに渡すことが決して叶わない。だからこそ、必死になってそれを忘れないようにと努めてしまうのだ。言葉は呪いでもあり、杖でもある。

二月十七日

『あわいゆくころ』という本は、その舞台である陸前高田の人たちにとっては、実用書のように付箋が貼られ、会話や手紙のネタになったり読み聞かせをされたりと日常的に〝使って〟もらっている感じがある。過ぎてしまった時間について説明するのに便利、という感想も。付随する感情はさまざまだろうけれど。

一方でその出来事と距離があると感じている人たちには、手に取ることさえ勇気のいる本になっているのだとも感じる。それぞれに理由があるのだろうけれど、そのおずおずとした手つきもまた、とても信頼できるもののように思えるし、変なプレッシャーをかけて申し訳ないなあとも思う。

二月二十六日

陸前高田。空が広い。隅々まで夕暮れに染まる市街地を歩いていると、ふと、地面の高さがわからなくなる。すると、ここがいまのまちなのか、かつてのまちなのか、はたまた両者が重なってしまったのか、時間軸が捩れてしまったような感覚になる。見たこともない、かつての街並みの細部がわかる気がした。

そんなはずはなくてもそう感じるのだ、ということを、とりあえず肯定しておく。いつかそれがロジカルに理解されることもあるかもしれないし、気のせいだと笑って忘れてしまえるかもしれない。どちらにせよ、一度は受け入れてみる。

―

内陸出身で、震災の時沿岸支局勤務だったという記者さんに会う。展覧会で私の作品を見てくれて以来、ただ会っておしゃべりしたかったという彼女は、終始悲しそうな顔で、当時のことを話しはじめた。山の中で育ったから津波のことが頭になくて、社屋の二階で周りが波に呑まれるのを見ていたんです。

次の日窓から脱出して避難所に行って、それからずっと取材に走って。3年後に内陸勤務になったので、それ以来追えてなくて。彼女は何かに対して申し訳なさそうに話す。あのとき適切な場所に逃げられなかったこと。被災者の気持ちを受け止めきれなかったこと。中途半端なタイミングで被災地を去ったこと。

取材に出れば、復興に対する意見の違いに苦しむ人たちの険のある言葉が刺さったり、あまりに辛い体験談に自らの記憶がぶり返したり。彼女自身が被災体験で十分に傷ついているのに、きっと、立場的に悲しむことが許されていなかった。そしていまもまだ、そうなのだろう。

その後、立て続けに23歳の若い記者さんたちの取材を受けた。当時高校生だった彼らは、震災取材がしたくていまの職業に就いたという。当時子どもだったから何もできなかったのが申し訳ないっていうか、不甲斐ないっていうか。でもやっぱり今更来てわからないこともあって、却って申し訳ないっていうか。

先週東京で会った記者さんたちも、震災のことに触れてこなかったうしろめたさを吐露していた。8年が経とうとするいま、あのとき何をしていたか、何ができたかということが、未だ一人ひとりを責め立て続けているとしたら。そんな一種の〝呪い〟が、日本社会における〝震災の影響〟の本質のように思えてくる。

震災の後にもたくさんの災害や痛ましい事件、事故が起き続けているのに、なぜこれだけが特に〝呪い〟として残ってしまっているのか。また、その〝呪い〟が人びとの思想や関係性にどんな影響を及ぼしてきたのか。いま一度考えたい。

―

一冊の本を介して現れてくる人びとの機微を丁寧に見ていく。それも『あわいゆくころ』を出版したことで生まれた大切な仕事だと感じてる。

二月二十七日

嵩上げ地の奥底に繋がるような、真新しい階段。かつての地面を想起させ、現在の生活と繋げてくれるようで、よほどモニュメントみたいに見えたのでした。

三月五日

生きている人間からすると誰のどんな死も途方もなくさみしいものだけど、死にゆく人間からすれば死に際のその一瞬は誰が何をどうしても孤独なものだから、とかいう感じで、諦めがついたりもするのだろうか。むしろその孤独をうつくしく思ったりもするだろうか。でも、じゃなければ救われない感じもあるかな。

息子もねえ、隣で眠ってる間に逝ってしまったでしょう。そのとき何か言いたかったんじゃないかって、いまでも私、思うのよね。長く病気で、もうそろそろとはわかっていたけどねえ。最期の瞬間は見守ってやりたかった。何が言いたかったんだろうねえ。それまで生きて、どうだったんだろう。聞きたかったねえ。

三月八日

「東北の震災」と形容されることも多い東日本大震災だけど、沿岸からすこし内陸に入れば、その他の土地と変わらないように、当事者意識の置き所に迷う人がたくさんいる。同時に、避難者や移住者も多く、傷ついた人びとと共存する術を探っていたりもする。

三月十一日

オーストラリアにて、高田のばあちゃんからの着信。かけ直してみたら、夏美ちゃん新聞さ載ってたぞ。本買うから早く持ってこ〜！　という注文の電話だった。電話の奥には、じいちゃんの笑い声。ご夫婦と出会ってからもう8年になる。二人が今日も元気でよかったなあ。

——

陸前高田で、かつてのまちのことを「箱庭みたいだった」と教えてくれる人に幾人も出会った。海山川すべてが近くて、その間に広がる平地には、小さくともなんでも揃ったまちがある。水際に現れる豊かな潟には生物たちが棲み、人の営みも育つ。波は繰り返しまちを攫うけれど、うつくしい風景がいつもここにある。

さて、その後旅したいくつかの海辺のまちでも「箱庭みたいだ」と自らのまちを形容する人たちに出会った。先週は京都の宮津市で、今日はオーストラリアのブリスベンで。ひとつの言葉とそれが結んでゆくイメージを介して、この物語が遠い土地や出会ったことのない人たちへと響いていくことを想像した。

ブリスベンで出会った人たちに、今日という日をあなたと過ごせてよかった、と言ってもらうことの意味をゆるやかに、ごく自然に、引き受けていよう。

誰かが忘れずに、覚えていてくれるよ

うに。そして同時に、誰もが忘れてもいいよ
うに。

二〇一九

三月十九日

長い闘病のすえ死の間際の人が、いまの自分にとって、幸せに生きることが一番大切、と述べたあとでつぶやいた、でももう飽きちゃったよ、という言葉がとても深く刺さった。

最後の時間を生き生きと過ごそう、やり残したことを、いまの身体でできるだけやってみよう、愛している人にそれを伝えよう。死の終わりが見えて、やっと得る自由もある。身体の痛みを抱えながらも強く前向きになる。けれど、その日々も同じように淡々と繰り返せば飽きてくる。そのリアルを思う。

でも、飽きてしまうほどに、〝生ききる〟ということを達成したと思うと、それは本当に偉大で、尊いことのように思う。

四月一日

誰かの話を聞いてしまうことから、すべてが動きだしてしまうのだ。それは確かに怖いことでもあるけれど、語り手にも聞き手にもほのかな救いを与えてくれたりもするのだろう。

四月十一日

2011年4月、初めて訪れた陸前高田で出会ったばあちゃんと久しぶりの再会。赤毛のばあちゃんも80歳になったよと笑う姿は、心なしか当時より若々しくてハリがある。あはそうか、あのときは大変だったからねえ。流された人も、流されない人も、それぞれ難しいのね。

でもね、うちのご近所さん流されたでしょ。一昨年、家建てて新しいところさ落ち着いたんだって。そんな噂聞いてたら、暮れにそこで偶然会ったのね。

その人ね、あんたごめんなって。津波のとき、私あんたにたくさん意地悪言ったって。でもあのときは抑えられなかったから、いまさらだども、ごめんなって。

流されない人の気持ち、いまになってわかったってその人言うのね。だから私、いいのいいのって。流された人も流されない人もそれぞれ難しかったねって抱き合ってね。それでも7年も8年も経ってでも謝ってくれる人の気持ち、どんなかなって。時間経ってやっとわかりあうこともあるもんね。すごいよね。

だからね、やっとなの。お隣にいる人の気持ちわかるのにも時間がかかるのね。でもね、よかったよね。

——

まちなかに再建したお店へ。ちょうど落ち着いたタイミングでよかったよ、とおばちゃんが出迎えてくれる。ほら、3月は報道が多いでしょう。いまこの辺での取材はもうね、〝失敗した復興〟がテーマなんだよね。だから私たちは受けなかったの。いまからまち作るってときにそんな話したくないよね。

高台に建てたあの店の人は、嵩上げを批判する側の代表としてテレビに出てしまってたっけ。反対にあっちのお店の人は、まちなかに建てた側の代表にされてさ。不安なこと呟いた部分だけうまく切り取られてなあ。テレビ見た人には、まるでここにいる人みんな復興の被害者みたいに見えてしまうよな。

うまく編集されて、テレビのやりたいようになってるのはわかってるんだけどね。実際しゃべってる姿流れてくっと、やっぱり悲しんだっけなあ。そのあと直接顔合わせたときもちょっと気を遣っちゃうっていうかさあ。これからっていうときに、あんまり翻弄されたくはないよねえ。

——

陸前高田で久しぶりにイベントをやってみて、質疑応答の時間に、お客さんが震災のことを語りはじめないことに驚いた。むしろいまになって、遠い場所、まちの人の方が当時のことを語りだしたら止まらない。時間が経過したときに改めて、その出来事と向き合えてきたかどうかが露呈してくるのかも。

出来事の周縁にいる人たちは特に、トラウマに向き合うための環境や手法がつくりづらいように思う。日本が戦争体験について70年あまり経っても未だにうまく語れず、語ろうと思うと虚勢を張りすぎてしまう、あの感じにも重なってくる。傷に対処せずに蓋をしてしまえば、中は歪に腐っていってしまう。

傷は早めに、適切に対応した方がいい。

近すぎて語れなかったものを語れないままにしていると、ふと忘れてしまう。すると、傷は気づかぬうちにより傷んでいく。だからその忘却の寸前に訪れる〝語れるタイミング〟を逃さないようにすること。凪は必ず訪れる。

四月二十日

〝社会的な役割を果たす私〟だけでは、持てる時間のすべてを埋めることはできない。だからどうしても孤独な気持ちになる。さみしい、しんどい、どうしたらいいのかわからない。さて、それを感じている私は一体何者か。何者として生きたいのか。

震災後に〝被災者〟として語り部をはじめた人たちが、出来事が落ち着いた頃に、ふとこんな気持ちになったら、と想像する。

五月八日

死んでゆく人と、弱っても持ち直すであろう人は、とても違う。けれど時間が経ってみないと、その人が前者であるか後者であるかはわからない。本質的に、未来というものはわからない存在だ。だから、早く会いに行った方がいい。

たとえばその人が、弱っている姿を見せたくないと言って、他人の面会を拒絶しているとき、その人が本当に誰にも会いたくないのか？　ということと、その人にごく近しい（身辺の世話などをしている）人たちにかかる〝語らせない圧力〟が気がかりになる。

五月九日

被災地域で復興期に、祭りの再建や仲間内のイベント企画に尽力していた友人が、いよいよ地元にメモリアル施設が出来るとなったタイミングで、まちを出ようかと検討中だという。被災のまち確定という感じが気持ち悪い。自分の伝えたい地元が置いていかれ、被災体験に回収される感じが納得いかない、と。

復興の担い手たちは、震災を語りながら、地域の人たちを鼓舞し、外の人たちを巻き込んで、まちの回復に努めてきたのであって、〝被災のまち〟に仕上げたかったわけではない。一方で、外野からすれば、当然このまちが〝被災のまち〟という役割を引き受けてくれるだろうと思い込んできたわけだ。この8年がかりで。

担い手たちの中でもまたふたつの意見に分かれると思う。ある程度の日常生活の落ち着きを区切りにして、前述の友人のように離脱したいと願う人と、伝える、悼むなどの役割を引き受け続けようとする人。後者には、社会奉仕的な意思と、一方で地域経済の糧としての期待もあるだろう。

もちろんひとりの人間の中でも感情も

思惑も混ぜこぜだと思いつつ。今日友人の話を聞きながら、広島がヒロシマを引き受けると決まっていったときの軋轢をすこし、想像した。

一年半前、嵩上げ工事が終わった閖上で聞いた、いつまで震災が一番？ という言葉を思い出す。彼もまた復興期にまちの案内人として尽力した人だったけれど、自宅再建を果たしてからは、震災のことをやらない生き方もあると思い出した、と言っていた。いま彼は新しく出来た町内会活動に奔走してる。

――

弱りゆく人を取り巻くようにして出来ていく、あるいは復活する共同体というものがある。凪のように穏やかな時間が訪れて、軽やかで強い連帯が結ばれる。ある一時的なその関わりは、生き残ってゆく人たちにとってはギフトだ。共有された体験は、その後を生きる糧にもなってゆく。

まるで、死にゆく人の身体を食べて、そしてこれからを生きてゆくみたい。おぞましくも、どこかうつくしくもある。

人が生きて、誰かと関わるということは、誰かに身体を食べてもらう準備なのかもしれないな。そして、誰かの中で生き続ける。ひとつの命の持つしたたかさを思う。

五月十三日

東京。都市の中でも墓地の真上は空が広くて、死者が何かの歯止めをしてくれているような気がしてしまった。

五月十五日

このところやっと、震災のことを扱うときに、〝どの時期から携わっていたか〟が問われなくなってきた気がする。最初の頃を知らないくせにとか、あれも見てないのに、というセンサーシップが弱まって、このメンバーでいまから何をするか、に議題が切り替わってきた感じ。

現場としては軽やかな感じがして動きやすくなったし、空気が入れ替わって素直に楽しい。私の身体の中もすごく変わった気がする。出来事とのあいだに健全な空間認識が取り戻せた感じというか。

その要因は色々思いつくけど、被災地域の生活が落ち着きつつあること、関わる人たちが大幅に減少していること、8年という時間の長さ（小学生が大学生に！）などは関係してると思う。整理はできていないけど、ひとまずいまの感じをメモしたい。

五月二十五日

陸前高田。嵩上げされた市街地の片隅に、広くシロツメクサが咲いている。5年ほど前、流されたかつての市街地跡にも同じようにシロツメクサが咲いていたのを思い出す。その光景を見た地元の人は、そうそう、うちの裏にあった公園にもシロツメクサが咲いていたの、と言っていた。濃い甘い匂いにドキリとする。

目の前のつくりかけのまちと、流され、草はらのようになったまちと、かつてのまち。三つの地点が重なる場としてのシロツメクサの風景、匂い、光。記憶か、もしくは誰かの語ったイメージが鮮明に立ち上がって、自分がどこにいるのかわからなくなる感じ。

四年前に『二重のまち』を書いたときには、かつてのまちと復興工事で出来た新しいまちのふたつが同時に存在し、生きている人たちは〝新しいまち〟に暮らしていると考えていた。しかし、実際につくりかけの〝新しいまち〟を歩いて感じたのは、生きている人たちはそれらの〝間のまち〟に居続けるのではということ。

いまがとても〝つくりかけ〟であることも一因かもしれないけれど。そもそもまちというもの自体が日々どこかが朽ち、改修され、移ろう存在だから、完成がないとも言えるだろう。もしくは〝かつてのまち〟のことを、個人及び集団が記憶している限り、全く分断された〝新しいまち〟には行けないのかもしれない。

いま暮らしている地点を〝新しいまち〟と捉え、〝かつてのまち〟と切り離すことで、〝新しいまち〟が〝かつてのまち〟を潰してしまうように存在するのではなく、ふたつが同時に存在しているのだ、というイメージを持つことができるかもしれない。最近では、この感覚をうまく使って実生活をしている人も多いと感じている。

しかし身体的な感覚としては、私たちはいつまでも、〝かつてのまち〟と分離されてしまった〝新しいまち〟には到達せず、〝かつてのまち〟と〝新しいまち〟の両方のイメージを抱えながら〝間のまち〟をたゆたうように生きる存在なのかもしれない、とも思えてくる。

それは不幸ではないというか、ごく自然なことで、両方にある種の憧れを持ち続けることで、私たちは歩いていくことができるのかもしれない。

〝つくりかけのまち〟にも、隅々まで丁寧な手跡が施されはじめている。新しかったはずのまちなみも風景に馴染んで、時差はもう見えづらい。震災前、震災後、復興前、復興後が滑らかに繋がっていく。

〝儚さ〟にはいつも終わりのイメージが付きまとうものだとしたら、儚さは未来的な存在であると言えるだろう。

過去の出来事は完了し切り離されているからこそ、確かなものであるとも思える。生きている私が持つ記憶自体は儚いかもしれないけれど、過去そのものは決して変わらない。

ある人は、復興工事でかつての地面が埋められたとき、見えなくなったからこそ永遠になった気がする、と言っていた。彼女はそれより以前に、埋まっちゃってよかったのかもね、ある意味このまち全体がお墓みたいなものだから、とも話していた。

この感覚はもしかすれば、戦後の復興をしていくまちにも当てはまるのだろうか。東京も仙台も広島も……いまもまだ〝間のまち〟なのではないだろうか、と思えてくる。

——

東松島。7年ぶりくらいに訪れた東名駅近くの住宅地には、建て替えか改修を施されたらしき家がポツポツと。それらの間には、こんもりと育った草はらが広がっている。道筋の様子とその草はらの形から、かつてそこが宅地であったことが伝わってきて、なんだか不思議な光景に思えた。とても静かだった。

聞けば、宅地造成などを待たずに家を改修した人たちがここに残ったのだという。他の住人は高台や市外に引っ越して、帰ってくる見込みはあまりないとのこと。まったくの更地からまちをつくればこのような歯抜けの状態にはならないだろうなあと想像しつつ、妙に整然とした草はらが誰かを待っているような気もしつつ。

東名運河の水門近くの家々が真新しいものではなさそうだったのを不思議に思っていたら、東側から津波が来たために、西側は思いのほか被害が少なかったみたいですよ、と教えてもらった。海は穏やかで、防潮堤はどこのものとも同じように真新しく、白く光っていた。

乱暴だと分かりつつ、陸前高田の造成地を東名の風景と重ねてみる。あまりに広大で、おそらくここが建物で埋まることはないだろうと想像してみると、それぞれに充てがわれた宅地に整然と建てられた家々の間にもやがて、こんもりとした草はらが育つのでは、と思えてくる。それは、6年前に奥尻で見た光景にも重なる。

そして私が思い出したのは、広島の平和記念資料館で見た1946年の広島で撮られたという写真だった。焼けたまちに広がる草はらに、ポツポツと建物がつくられはじめていた。文脈はまるで違うけれど、ふと結びつく。

広島の語り部のおじちゃんが、正直いまの東北の復興はもどかしい、人は生きていればまちをつくれるのに、と話してくれたのを思い出す。

六月十九日

私ね、家も財産も流されたけど、だからって何も変わったことはないんだよね。仮設さ入れてもらって、公営住宅来てさ、こんなにしてくれるんだもの。足不自由だからさ、ヘルパーさん入れてくれるって言われたったが、断ったの。福祉サービスって言ってもみんなのお金だもんね。すこしでも節約すっぺって。

七月十日

自分は誰かより恵まれていて、だから自分より恵まれていない人たちを誰ひとり置いてゆかないための努力をしなくちゃならない。そんな言葉を二十歳前後の人たちから立て続けに聞いて、なぜ彼女らがそんなことを言いたいのか、言わなければならないのかと思いつつ、その語りの型が生まれる背景を考える。

そこに震災の影響があるのだろうかと想像する。当時、彼女たちは小学生や中学生。大変な思いをしている人たちがたくさん存在することを身近に感じ、そのことに逡巡し、口をつぐむ大人を見続けてきただろう。

遠く離れた土地、当事者であることが許されなかった人たちの細部をよく見て、〝震災の影響〟を探し出しておくこと。これから先を考えていく上で、とても大切なことだと感じてる。

七月十三日

100回目の月命日を迎えた陸前高田は、震災前とは全く違う姿をしている。その変化がさみしいとこぼす人に、いまここに生きる人が暮らしたいように暮らせるのが一番だよ、と、ここで家族を亡くした人が声をかける。まちは、日々淡々と営まれている。

七月二十二日

広島平和記念公園。にぎやかなまちが一瞬で焼かれ、その跡にバラックが建ち並んだ。また壊し、その上に土砂を盛って公園に。かつてのまちの痕跡はそのときすべて消え去った。ある人は、原爆ももちろんこの上なく苦しいことだが、まるで何事もなかったかのようにすべてが埋められたこともまた辛かった、と言った。

陸前高田の大規模な嵩上げ工事を想起してしまう。津波の後、広々とした草はらになったふるさとが、今度は土砂に埋め立てられる。そのときある人は、津波であんなに失ったのに、まだ失うものがあったかと驚いた、とつぶやいた。陸前高田の人たちにも、復興工事による〝第二の喪失〟は重苦しいものだった。

まちがひとつ跡形もなく消されたこと（それは必ずしも破壊によってのみ

なされるのではなく、むしろ復興、再建によって完遂される）が、とても重要な問題を孕んでいる気がする。まちに託されていた歴史、個々人やコミュニティのアイデンティティが失われた。さあ、そこから何が起こった／るのだろう。

七月二十六日

陸前高田では、震災と復興工事によって、個人のアイデンティティの拠り所としてのまち、風景が失われたことがとても辛いこととしてあったけれど、もし東京というまちが、そもそもアイデンティティの拠り所としては機能していないとしたら、それは、そこに暮らす人間たちにどんな影響を及ぼしているのだろうか。

日々更新されていくまち、都市。痕跡すらも消去され、跡形もなく塗り重ねられる。もはや私は、いったいどこのどんな地面に立っているかさえ忘れてしまう。〝土地性〟がないと歴史と断絶される。そのときもはや、人間しかない。言葉と身体しかない。

誰かの言葉や感情に共感していることと、それを共有していることはとても違うと気づく。

都市にいると、誰のどんなエピソードにも、あーわかる！　といった感じで共感は可能なのだけど、お互いのライフスタイルや思想が異なることが前提となりすぎていて、他者と何か（感情でも環境でも）を共有している感覚は持ちにくい。

陸前高田で歩いていたときは、彼らが語るさまざまなことが、この土地で暮らしている無数の人たちと共有されているような感じが確かにあった。

そういう風に何かしらの感情や状況（もしかすれば風景も）などが共有されている範囲のことを、まちと呼べるのではと思ったこともあったな。

七月二十七日

人を憐れむこと、誰かの役に立ちたいと願うこと。とても自然な営みのはずなのに、口に出すことすら憚られる感じがある。それは、それらが主体側の欲望や権威を笠に着たものなのではないかという批判が浸透しすぎてしまったからかもしれない。このままいくと、私たちは憐れみや協力の態度すらを手放してしまいそうだ。

—

震災から8年、社会的なミッションを感じて仕事を続けてきた支援者たちがだいぶ疲れている。これまでの反動で、自身のプライベート、および人間関係などがおざなりだったこと気づき途方に暮れる。震災10年まであと2年。いまはまだ仕事を離脱するタイミングではないと諦めて、苦しくとも、負った役目をこなす日々。

緊急性の高い仕事が減って、やりがいを見出しにくくなっている。ふと出来た隙間に何をしていいのかわからない。そんなときに口をついて出るのは、恋人がほしい、結婚したい、子どもを育てたい、だったりする。

そろそろ疲れたよねって本音が言える場所があればいいのかもしれないけど、支援者という立場上、弱音が吐きづらいという気持ちもあるだろうな。言ったとて、どうにもならないかもしれないけど、同じ気持ちを持っている人たち同士で建設的な未来について話せたら、ちょっとはホッとできそうなものだ。

これは身の回りの話だけだけど、支援者でも、当事者になっていくタイプの人たちは震災5年目頃に結婚したり地元に帰って行ったりして、その他の人たちがそれぞれの情熱みたいなものを持てあましはじめたのも、実はその頃かなと感じている。支援者のことはなかなか残りづらいからメモ。

大きな出来事の解決や忘却を考えるときに8年という時間はあまりにも短すぎるけれど、個人の人生における8年はとても大きい。

七月三十日

被災した人たちにとって、その悲しみの体験は、乗り越えるべき、とか置き去りにすべき、とかいうものではないだろう。さらにもし、日本社会を主語にするならば、乗り越えたという欺瞞を持つ限り、私たちは悲しみの歴史を繰り返してしまう。

災禍の発生後、まず必要なものは寄り添い、つぎに検証することだと思う。あまり早急に再生の物語へと集約し、安易な教訓に落とし込まないこと。被災をした一人ひとり、地域、コミュニティの中にも存在する矛盾にも臆せず、淡々と検証することが必要だと思う。そうでないと、いつまでもすべてが他人事のままになる。

七月三十一日

いつか経験したある出来事に関して、忘れたい、消してしまいたいと感じるような後ろめたい要素があるとき、その出来事の記憶丸ごとを消去してしまうことは容易い。けれど、そこに付帯するように存在していた細やかな記憶——喜びや代え難い関係性、深い思考なども同時に手放すことになってしまうのは惜しい。

痛みの記憶——近しい人を事故や災害で失ったとき、その出来事自体を忘れてしまいたい一方で、その人の死を忘れたくない、その人の生を忘れられてたまるか、という気持ちも同時に存在するのだと思う。

たとえば敗戦によって、戦争に反対する立場に変わった人でも、死んだ戦友たちを思えば、戦争中そのものをただ愚かだと否定し、他人事として処理することはできなかったのではないか。忘れてしまうことも、忘れられてしまうことも許せなかったのではないか。

八月七日

今日は七夕。陸前高田の特別な日です。２０１９年のうごく七夕は、復興工事でつくられた新しい地面の上をいくつかの山車が練り歩いた。きれいに舗装された道すじ、背景にはお店が建ち並ぶ。かつて、流された地面で花畑をつくっていたおばちゃんに、感慨深いですねえと言うと、ほんとだよねえ、と笑う。

本当にね、自分がいまどこにいるんだか、わかんなくなるねえ。気を抜くと津波前のまちみたいにも思えるんだけんと、全然違うんだよねえ。流された地面に花植えてた頃が懐かしい気もするんだけどね。でももしかしたら、あれは全部幻だったのかなって思うようだよねえ。

山車に乗る人たちは、華やかな演奏を繰り返す。まちには人が溢れていて、家族づれ、カップル、ご近所さん、友だち同士……複数人でいる人たちはポツポツと会話をしながら、ひとりぼっちの人は黙ったまま、ぼんやりと山車を追うように歩く。この夜に、ともにいるということが、まず大切なのだと感じた。

写真館で働いていた頃の小学生たちは高校生になっていて、顔をじっと見てやっと、あの子だとわかるくらいに成長していた。私のことは覚えてないだろうと思いながら、屋台に並んだり会話を楽しんだりしている彼らの姿を眺めていると、私がこのまちで働いていたことすらも、幻だったのかなと思えてくる。

担当していた学校の先生に、あの頃が懐かしいね、と声をかけられる。私が撮影に通った頃は山奥の仮校舎だった。同僚もどんどん移動になって、仮校舎時代も知らない人がほとんどだし、あの日一緒にいた人は、もう誰もいないんだよね。写真屋さんに会えて、久しぶりに思い出話できて、なんだかほっとしたよ。

震災から復興までの〝あわいの時間〟たちは一体どこに行ったのだろうと思いながら、すれ違う久しぶりの友人たちが幼い子どもを抱いて歩いているのを次々と見かける。いつの間に子どもが生まれたんだろうと驚きつつも、時間はただ淡々と流れていて、彼らは一歩一歩着実に進んでいたのだと気がつく。

お祭りの夜の公園には、子どもたちの声がいつまでも響いていた。嵩上げ地の上にこの公園が出来たとき、いつまでも帰らない子どもがいて、疲れないの？　と問うと、だって生まれて初めてお友だちと遊ぶもん！　との答えが返ってきたという話を思い出した。

高台の墓地にも、七夕のお囃子が響いていた。大津波から巨大な嵩上げ工事、まちづくり。この数年で風景はみるみる変わっていきましたが、いまやっとすこし落ち着いてきたようです。あなたはいま、何を思っているだろう。日々、何を思っていましたか。

八月九日

七夕の山車は震災前の集落ごとにつくられる。被災と再建によって違う集落に引っ越しても、元の集落の出車に参加する人が多い。嵩上げと高台造成によって、集落があった場所に立ち入れなくなったり、新しい集落が出来たりしているけれど、なかなか名付けが進まない。なので住所は区画番号のまま。

いつまで〝震災前〟の集落のコミュニティを維持できるのだろうと考えながら、同時に、新しい集落でのコミュニティを形成しなくてはならない。もしかして、新しいお祭りがもうひとつ必要なのだろうか？

華やかなお祭りの傍らで、人手不足で山車が作れずひっそりと不参加になった集落がいくつかあった。賑わう会場の片隅で、その集落の元住民たちの所在なさげな表情がすこし気になった。

八月三十日

およそ一年前に豪雨災害に遭った真備町へ。当時、この地点の足元まで水没し、2階まで水に浸かった家屋が多数あったという。ツバメがたくさん飛んでましたよ。彼ら、軒下に巣を作るでしょ。きっとそれも壊れちゃって、居場所がなくなっちゃったんですよね。お前らもかって思いましたよ。

水没から一年の真備町は、思ったよりも被災の跡が見えにくかった。解体を待つ家にはうっすらと浸水の跡。ぽつぽつとある空き地は2種類。草が生えているのは早く解体したところ、生えていないのは最近解体したところ。それらが改修された家々の間にある。一目見ただけでは、被災によるものかどうかがわからない。

静かなまちに、工事の音がさみしく響く。解体工事も建設中も、ぽつらぽつら。あまり多くはなくて、淡々と。

天井まで浸かった施設を、自分たちの手で復旧したという青年は、復興やる気ないんだなって思いますよね、とつぶやいた。東北と違って小さな範囲の被災なんですよ。国がしっかりやればすぐに復旧できる規模のはずなのに、まだ解体も済んでない。

テレビの報道と自分の実感の乖離がすごいんですよね。テレビ見てると本当に大災害で、東日本と並ぶかのようですけど、実際は規模も小さいし目指す復旧の仕方も違う。なのに大きく見せることで、かえってあいまいにされてることがある。直せるのに、手がつけられないって言うことで、逃げきれちゃう感じというか。

個人的にはここよりも、東日本で被災した地域で、復旧してないところに手をかけて欲しいって思うところもあるんです。こっちは範囲も広くないし、護岸工事もパッとやって、そのあとゆっくり治水工事をやればいい。でも何か、そうもいかないんですよね。

――

集落がなくなる、風景がなくなるという出来事は、ある共同体にとっては、ともに語り合うことができる経験となる。けれど、集落から歯抜けのように何かが喪失されていくという出来事は、共同体やはたまた個人にとって、いったいどのような影響を及ぼしていくのだろう。

九月九日

当事者性の強弱だけで、互いの存在の価値を計らずに済む場が必要だ。と、震災から8年経ったいまやっと言えるようになってきたかもしれない。

個人それぞれの持つ体験や気持ちに決まりきった優劣はないということを、他者の言葉を引き受ける過程のなかで、またそれが当人や他者に聞かれるなかで、気がついてゆく。

九月十二日

一軒ぽっちになっても、誰もいなくなっても、風景が変わっても、防潮堤が出来て海が遠くなっても、それでもやっぱりここがいい。というときの、〝ここ〟を強力に支えるものって、いったい何だろう。

――

79歳のおじいさんは9人兄弟だったけど、4人が小さいころに亡くなって、結果的に長男になったのだという。学校に行くお金がなくて、14歳から働いて家族を支えた。戦中戦後の仙台沿岸部を生き抜くことの壮絶さ、その一端を思う。

同時に、物資のない戦後復興期にがむしゃらに働き、仲間たちと集い必死に学び、遊んでいたこの世代のじじばばたちの身体に備わっている、生き抜くための技術と知恵の蓄積にはいつも背筋が伸びる。そして、これからの時代への的確な憐れみをいただいたりする。

私のときは戦争も差別もあったけど、

あんたらの世代の方がかわいそうだね。だって自然が壊れてるもの。この80年でうんと変わってしまった、変えてしまった。もう取り返しがつかないかもしれないね。

九月十三日

仙台市蒲生。中野小学校跡地にできた慰霊の丘より。ここに住宅街があったとは想像できないような風景。更地、工事現場、無機質でただ広い地面。ツルツルと光る手触りのない防潮堤の脇に、丁寧に祀られたお地蔵さま。

防潮堤の先には、うつくしくて静かな干潟がどこまでも広がる。濃い藍色に白いサギが跳ねる。震災でなくなってしまった干潟もここまで戻ってきた。おかえり風景。海風が吹く。

6メートルだった日和山は津波で3メートルになった、日本一低い山。隅々まで誰かの手が入っていて、来年の夏に開催予定の山開きのポスターまで貼ってある。

生まれ育った自宅跡地に小屋を建てたおじさんに会いに。亡くなった家族たちに向きあう場所。観音さまを建て、草木を育て、人と語らう。人間関係の難しさ、復興工事の理不尽、さまざまな問題に真っ向からぶつかった8年半でもあった。まもなくここに、防潮堤の工事がやってくる。

かあちゃんにはな、息子二人も流されて何が神さまだって言われるよ、とおじさんは笑う。それでも観音さまがほしいという気持ちは一致したという。亡くなった家族の墓石を頼んだ業者さんに相談して、すぐに建った観音さま。震災後はうまくいかないことばかりだったけど、このときばかりはすんなりことが運んだ。

神さまいないって言う人もあるけど、人それぞれだからそれもいいの。俺はね、一人ひとりのなかに神も仏もいると思ってるから。いないって言われても、あなたの中にいるんじゃないのってこっそり思っているの。

子どもを亡くすという共通の体験をした妻と夫。その向きあい方の違いに戸惑うことも、感情が最も共有できるはずの人とわかりあえない苦しさも、あったのかもしれない。それでも二人はともに生きてきた。震災が身近な人を再び〝他者〟にして、8年半の時間が互いのかけがえのなさを確かな実感にする。

ここも工事の真ん中だから警備の人がたくさんいるが、話すとみんないい人なんだよな。さっきも防潮堤の業者の人が気の毒そうに、立ち退きの日を伝えにきてな、かえって申し訳ない気持ちになったよ。俺な、最近は、もうここに踏ん張って残らなくてもいいよって、みんなに言ってもらってる気がしてるんだ。

おじさんは海の近くに新しい小屋を建設中。そこに観音さまも育てた木も、震災後の気持ちを書き綴った看板も持っていく。日中はひとり淡々と作業をしながら、その場所がどんな場所になるのか想像するのだと言う。楽しみだな、未来はつくってかなきゃなんないもんな。おじさんは恥ずかしそうに顔を擦りながら笑う。

外に出たら夕暮れで、丸い月があがってた。海風、潮の匂い、虫の声、草いきれ。ここに住みたいと願う人の気持ちの一端を分けてもらったように思った。

九月二十四日

震災当時小学5年生だった人たちが被災地域を歩き、被災体験をした人たちの話を聞きに行く。8年あまりが経って彼らは20歳。青森や宮城の出身で、現在は仙台に暮らしている。気になるけれど触れづらいものとして存在していた〝被災地〟や〝被災者〟が、いまやっと固有名詞を取り戻し、出会える存在になった。

ある被災地域近くのマンションで育った青年は、自宅近所で被災した女性とその海辺を歩いた。一度攫われた干潟はその場所に戻ってきていて、青年は思わず、きれいですねと呟いて、でも人によっては苦しいですよね、と慌てて付け足したという。女性は間をあけず、ほんとにきれいだよね、と頷いたという。

相手がどんな境遇にいるかわかんないから、海がきれいだとか悪いものじゃないとか口に出すことはできなかった。だけど今日、津波があって以来初めて地元の海に来て、やっぱり海の近くに暮らすことを誇らしく思えた。海ってきれいですよね。いい風景が日常にあるって、なんでこんなにいいんですかね。

小5の終わりに震災で、小6の最初の給食でテレビの取材が来て、給食再開してどうですかってインタビューされて。そしたらみんな、美味しいですとかよかったですとか言うじゃないですか。僕、どうですか？　じゃないよ、気持ち悪いよって思ってました。でも子どもに期待される答えをしなきゃとも思ってましたよ。

正直大人も必死こいてるのがわかるから。そんな大人見ると、子ども同士は暗黙の了解で、黙って遊んでようって感じで。親だって親のフリするので精一杯だったと思うし、正直子どもの世話まで手は回んないよなって感じてましたね。そりゃ悟ってるみたいになっちゃいますよね。まあしゃーないなって。

中学は沿岸の子らと学区が一緒になって、親いなかったり仮設に住んでたりする同級生も結構いて。自分にはそういう人の気持ちはわかんないし、わかるって思うのも違うし。反対に、外の人から気持ちがわかるって同情されるのも嫌だった。黙ってサッカーやってましたね。余計なことは聞かないし、言わない。

震災は大変だったけど得たものがある。いい出会いがあって新しい考え方を知って、地元を好きになったってその人は話してて。それはうれしかったけど、正直僕にはまだ得たものも失ったものもわかんなくて。やっぱり小さいときに大人びちゃったっていうか、悟んなきゃいけなかったのは影響してるかもですね。

でも今日地元の海見てすごくいいって思ったし、連れてってくれた人も同じ気持ちだってわかって。やっぱり家族亡くしたり大変だった人がなんて思うかはわかんないし、人それぞれ難しいし簡単には言えないけど、もっと来ようって思いました。一度来たらもうハードル下がったでしょって言われちゃいましたしね。

九月二十九日

仙台市域の二十歳の人たちと語りの場をつくる。それぞれに被災体験者の語りを聞いて、自分なりの言葉で語り直す。その過程で、語るに足らないと感じていた自身の体験、当時の子どもたちの体験に向きあうことに。いつの間にか語らいの主語は〝僕たち〞へと変化した。弱い当事者性のあわいで揺らぐ自分がいたことを確かめあった。

十月六日

震災後の、あるグループの活動を落語で披露してみせた人。誰かが呟いた、「何もなくなった」から、「集まる場所つくるべ」へと繋がってゆく一連の活動たち。大笑いしながら泣けてくるのは、8年半をゆるやかにともにした人が、ちゃんと見ていてくれたことに気づいたからでもある。さて、これからも。

十月十三日

仙台はかなり強い風が吹いてる……宮城も岩手も福島も大事な人たちがいる。どこも大変な状態みたいでとても心配。あのじいちゃん家は川沿いじゃなかったか、山奥のご夫婦は避難しただろうか、仮設住宅は雨漏りしてないかな……どうかどうか、とにかくみんな気をつけて。晴れたら元気で会いましょう。

十月十六日

丸森町のじいちゃんを心配していたら、ヘリコプターで引き上げられて避難所で過ごしているとのこと。自宅への道も寸断されて帰れないという。それなのに、いやいや仕方ないわなあ、まず、みんなで集団移転するしかないのわ、と笑ってる。

壁にかけてある絵はじいちゃんの家から見た風景。奥には、じいちゃんのお母さんが、息子の戦死を知って泣いていたという畑の跡地がある。私はこの風景が泥まみれになったと想像して勝手に悲しい気持ちになっていたけれど、じいちゃんの優しいユーモアにまた救われてしまうのだった。どこまでも敵わない。

十月十七日

この度の台風は、地方と東京のインフラの格差をはっきりと感じさせられるものだった。それはつまり、都市への投資を優先するために、地方を切り捨てるような決定を積み重ねてきた結果でもあるだろう。

水も引かず泥まみれのままのまち。いまだ被災の全容すら掴みきれない、水も出ない、電気もつかない、食料も足りない。道路は寸断されたまま、マスコミも駆けつけない。助けの手も届かない。一方で、何事もなかったかのように続いている首都圏の暮らし。

せめて、都市に水を送るために、都市に水が入るのを防ぐために、ダムに沈んでいった村々があることをときおりは思い出してほしい。せめて、泥まみれになったままのまちが、家が、居間が、寝床が、暮らしが、いまも地続きの土地に存在していることを一日に一度くらいは思ってみてほしい。

これは東京生まれ東京育ちで、無邪気なまま育った自分に向けて書いている。

十月十九日

台風から一週間。大変な被害を受けたまちがたくさんあって、まだ水も引かないまま大雨を迎えている。東日本大震災のとき、あれだけ鬱陶しかった「がんばろう日本」が恋しくなるくらい、この度の被害に対する連帯の感覚はとても薄いと感じられる。私たちは災害に、他人の悲劇に、慣れてしまったのか。

十月二十一日

開所2日目の丸森町災害ボランティアセンター。なかなか水が引かなかったために、初動が遅れたという。私は地元の高校生と物資の仕分け。種類ごとの配置を決めて、それぞれ数えて整理する。現在町内には15カ所ほどの避難所があり、数百名単位の避難者がいるとのこと。支援は、〝被災後〟の時間は、いまはじまったばかり。

民話語りのじいちゃんに電話すると、沿岸と同じように被災しました！　避難所に収容され、最前列に陣取っております！　とのことで会いに行く。体育館中が段ボールで仕切られ、各家族ごとにあてがわれた居場所の中で人びとがひしめきあっている。じいちゃんは、しばらくでした、やっと会えましたね、と手を振った。

おかげさまで、うちは形だけ残りました。着るものもすこし残ってな、それ取りさ行けたからまだいいんだね。同じ部落の人は家自体すっかりない人がほとんどだもの。みんな貰ったものばりで自分で選べないんだものねわ。しかし、あんだが描いてくれた風景はもうないんだね。見られねんだよね。

これは自然環境を壊してきた人間の仕業だと俺は思うね。何年も震災復興で沿岸の護岸工事やってたねわ。それ、丸森の山さ削って、毎日毎日トラックが何トンもの土さ運んでやってたからす。更に山の高いところは、太陽光パネルのために木を伐採してるでしょう。山の保水容量が著しく落ちてるんだねわ。

もともと川の土砂さ堆積してできた部落だったけどもや、俺のじいさんの代から同じどこさ暮らしていて、ここまで大きな災害は初めてだなや。うちの部落の人たちが同じところに戻るのは7割方無理だと思う。86年も生きて、ばあさん看取ったどごさ、こんなことになるとは、人生はわからないごとだねわ。

あの日な、夜の10時ごろな、縁の下から玄関から一気に水が上がってきたんだねわ。それで娘と貴重品さ二階にあげたところで停電なって、ろうそく一本で時計見ながら朝を待ってな。川の流れはドウドウと早くて、夜明けはまだまだで、これは命なくすかと思ったが意外と楽天的でな。俺ばりでねえししゃあねえどな。

でも朝が来て何とか生き残った。胸まで水に浸かりながら自衛隊さ連れられて、橋のところからヘリに乗せられてな。無料で空中散歩してしまったのや。初めて鳥の目で見るふるさとは、灰色の海に浮かぶ島みたいでな。山がポコポコと浮かんで見えるだけだったがな。

黒ニンニク食べるか、冷凍パックに入ってたから無事だったぜえ、と通りがかりの町内会長。ニンニクどころでねえ、家も庭も全部流されたわ、とじいちゃんが続けて笑う。どこかから帰ってきた隣組のおじさんも、ははは、うちも全部ねんだもんなあと、泣き顔で笑う。みんな流された、でもみんな生きてたから、まずな。

家を失うこと、慣れ親しんだ集落、手をかけて編んできた風景が破壊されることの痛みが、ぐっさりと伝わってきて重たい。けれど、そんな聞き手を気遣って、笑いの絶えない会話を紡ぎ出す、被災した人びとの優しさ、たくましさ、悲しみ、諦め。

まさか自分が訪ねて、描いたことのある場所が破壊されてしまう、二度と戻ってこないという体験をするとは思っていなかった。絵のプリントを持っていったら、そうそう、この橋のこの奥にな……と、集落の人びとが共通の風景を語りはじめた。そして、もうないのさ、とさみしそうに笑った。

土砂が降り積もり、水が濁る。川もきっと痛かっただろう。そこに暮らしていた魚も川草もまだしばらくは痛いだろう。光よ、届け。

―

ぼっこりと壊れた堤防を眺めながら、このたびの大災害に襲われた静かな集落たちが同じ場所にそのまま復旧することはあるのだろうか、と考えてしまう。一年前に水没した真備町で聞いた、国はもうこんな小さなまちの復旧は諦めてるんだよという呟きと、小型の重機が被災家屋を解体する、か細い音を思い出した。

日本中に被災したまま、壊れたままの集落跡。土地を追われた人たちは農作や庭仕事、山や海の作業を手放して、自家用車がなくても暮らせるまちに移り住むだろう。毎度毎度の災害で、小さな集落は壊れ続け、土地を追われる人びとと。この国の風景が、自然が、技術が、暮らしが、毛細血管から死んでゆく。

―

被災した空き店舗を改装してはじまったボランティアセンターに物資を運び入れながら、しかし今度の大雨でまた水没するのでは？　と想像する。津波被災の場合だったら、被災した場所に人が集まる場所は作らないだろうと想像しながら、津波と増水のもたらす災禍のイメージの違いを思った。

津波には繰り返し訪れる強いトラウマ的な恐怖のイメージ（しかも不規則）があるけれど、増水はいくつかの条件が重ならないと発生しないイメージ（けどある程度予測可能）があるのかなと思ったのでメモ。

あと、ボランティアする人も運営する人たちもやけに災害慣れしているというか、（混乱を含めつつ）非常時にはこんな空気感ですよね、だから私はこれをやりたいんだ、やってもらいたいんだという感覚を共有してる気がした。私はこのスタンスで関わりますよ、を支える精神が安定しているというか。

ひいては、被災した人たちも冷静に見えた。〝あの人の方が大変〟という当事者性の違いによる戸惑いは確かに語られたけれど、それ以上に、それを踏まえて我々はこう関わりあうのだ、という態度が既にできている気がした。これは、今回の台風が死者が少ない災害であるということにも関係があるのかもしれない。

十月二十四日

被災した旧陸前高田市役所もそうだけど、丸森町役場ももともと田んぼだった土地を埋め立ててつくったために、普段から水捌けが悪かったそう。車社会になり、まちの範囲が広くなったことに伴って、みなの利便性のよい場所を探した結果、選ばれた場所。そして災害のリスクが高い場所までも市街地が広がっていく。

昭和30年代まで木こりをやっていたおじいさんは、チェーンソーの普及にともない、森林があまりに早く伐採されるようになったため、仕事場が遠くなり働きづらくなった。そして、効率化で賃金も下がり、東京に出稼ぎに行くようになったと話していた。この時点ですでに山の保水力も落ちていたのだろうか。

東日本大震災の復興工事のため、丸森の山は削られ、沿岸部に土を供給していた。同時に太陽光パネルの設置のために森林伐採も進んだ。確かにこれも今回の被災に関係があるかもしれないけど、山の力は、そして自然とともにある暮らしと技術は、高度経済成長期から著しく奪われ続けていたのではないか。

また、今回被害の大きかった郡山市や長野市は工業地帯であるため、これから打撃が広がるのではとも聞いた。工場は水を使うから川の近くに開発される。そこに人が暮らすようになり、まちになる。これもまた同時代的なこと。

十月二十五日

陸前高田からのメール。7年、8年かけて、自宅と店舗を再建できました。失ったものは戻らないし、こころの中にあるものは復興することがないけど、おかげさまで、これで被災者卒業です。これからは、大津波体験者として、ほどほどに歩んでゆきます。これからも、よろしく。

十一月二日

私の実家も嵩上げの真下になってね。子どもたちにこの気持ちを伝えたくて、その場所に行って一生懸命話すんだけど、なんだか上の空な感じでね。伝わらないのね。だからね、私いま一生懸命文章を書いてね。表紙のための風景画の下絵も描いてるの。でもまだまだうまく表せないから、死ぬまでに、きっとね。

地元の親友が津波で亡くなったの。小学生だった息子さんいまどうしてるかなって思うんだけど、なかなか連絡する方法がなくてね。私ね、いつもここで彼女のことを語るの。最初は語り部の仕事に彼女を使うのはって躊躇ったけどね。でも、語らないと彼女の存在自体が消えてしまう気がして。それはだめって。

十一月五日

陸前高田にオープンした追悼記念公園へ。海を臨む展望台からは広田湾の湾口が見え、ずっとずっと遠い場所を想起できる。祈らずにはおれないような、うつくしさを極めようとする設計。ふりむけば、嵩上げのまちが遠くに見える。ふと、弔いと暮らしは分かたれて、もう離れてしまったのだろうか？　と思う。

嵩上げの上の新しいまちでは、市の産業まつりが行われて、地元住民たちで溢れかえっていた。震災後から親交のある市町村のブースも出ていて、顔見知り同士で挨拶しあう人たちの声に、経過した時間の長さを思う。一方で、海辺の追悼施設には大型バスが並び、遠方からの観光客たちで賑わっている。

高田町の市街地から、犬の散歩で松原まで歩くの。学校帰りにチャリとばして浜辺に行くんですよ。なんて話を何度も聞いたことがある。流された松原は、巨大防潮堤より海側に再建中。距離は変わってないはずなのに、新しいまちと松原は、海は、途方もなく遠い感じがした（けど、まちの人にとってはどうだろう?）。

復興工事の前までは、人びとは流されたまちの痕跡を訪ね、花を手向けていた。工事が進み、その場所に入れなくなると、それぞれのお墓に行くようになった。いま、嵩上げ地の駅前に移された簡素な追悼施設を訪れる人は少ない。そして、新しくて立派な海辺の追悼施設は、一度は見学に行ったよ、という程度の距離感のよう。

観光地としての慰霊の場と、一人ひとりに向き合うような暮らしの中の慰霊の場が、すっかり分けられて、このまちに存在してゆく、という感じなのだろうか。

工事のために削られてしまった愛宕山には、ふさふさと草が生えて、風景としてなじみはじめている。なんだかまたひとつ、新しいフェーズに入ったような感じがした。

――

嵩上げも終わりに近づき、その上にいくつかの施設が建設中で、休みの日でもトカトカと工事の音が鳴り響く。私はどうしても、ここからそう遠くない場所で台風被害を受けた小さな集落たちを思ってしまう。いまこの重機が行くべきは、被災して間もない、あの人やあの人が暮らす、あの場所ではないのかと。

続けざまに災害が起きるから、こういうズレがあるのは仕方がないと頭ではわかっているのだけれど。いままさに避難所で過ごすあの人たちの、その家々の泥をかき出さねばならない緊急性と、この長閑な工事の音が、どうしても不釣り合いに思えてしまった。

陸前高田の人に台風被害の話をしたら、まあ俺から言わせれば、人が死んでないから大丈夫だ、との応答。それはぶっきらぼうな励ましの言葉であるかもしれないと同時に、いままさに集落や家々を失った人たちを、途方もなく突き放されたような気持ちにさせやしないだろうか。

高田の人たちはいま、自宅や生業の再建が進み、新たな借金を抱えて、これからを生き抜くために必死なタイミングだと思う。のだけれど、すこしさみしく思った。

東日本大震災よりは大したことないから、と言わされてしまう〝その後〟の被災者たち。それを好都合とし、見て見ぬ振りしたまま進もうとするこの国の社会。この8年余りで人の気持ちは、社会のありようは、変わってしまった？　建前を放棄し、格差を諦め、他者を想う人たちを鼻で笑うようになった。

十一月十六日

丸森町のじいちゃんの集落は、すっかり土砂に埋まっていた。通りがかったおばちゃんは、ここが私の実家ね、と言って、何本もの木が刺さったひしゃげた家を指差した。毎日夢に見るのさ、懐かしい風景を。1カ月前まであったのにな、いまはもうないのさ。

じいちゃんの家から見える風景もすっかりと変わった。土手に見える灰色の土砂は一晩で川底へ流れてきたもので、のちに自衛隊が端に寄せたのだという。3年前に撮った写真とは地形も色も変わってしまった。ここをもう一度住める土地に戻すのは難しいとの見込みで、みな散り散りになると肩を落とす。

川向いの空き地は、じいちゃんのお母さんが大切にしていた畑の跡地で、そこで戦死した息子（じいちゃんのお兄さん）を思って泣いていたのだ、と聞いたことがある。不思議とその場所には、3年前と変わらない草はらが広がっていた。ふりむけば、ひしゃげたじいちゃんの家。母の静かなまなざしを思う。

仙台空襲の夜、B29が轟音とともにこの頭上を通過し、やがて北の空が赤く燃えるのを見た。仙台で焼け出された従兄弟たちを1年半受け入れた。もとは明治時代にじいちゃんのお祖父さんが建てた家で、ここで代々生まれ、暮らし、看取られた。部落の仲間と木々を植え、田畑を耕し風景をつくった。すべて一夜にして壊れた。

避難所で過ごしているじいちゃんは、

幼少期から戦時中のこと、木こり時代から営業マン時代のこと、史跡のこと、民話のこと、奥さんの看取りのこと、台風の夜のこと、思い出すままに話し続けて、夢みたいだとつぶやいた。見ると惜しくなっちゃうからね、あまり家さ見に行かないのわ。

じいちゃんの避難先は母校の小学校。ほら、兄貴が戦争に行くときの、この集合写真もそこで撮ったものなんだね。校舎の前に機雷と魚雷が置いてあって、子どもたちが上に乗って遊んだものさ。そっちの二宮金二郎の隣には奉安殿があって、恭しく頭を下げたんだねわ。いまそこには自衛隊の車両とお風呂が並んでいる。

ひとつの家がなくなることは、そこにいま暮らしている人たちだけではなくて、代々暮らしてきた人たち、関わってきた人たちの記憶の拠り所がなくなることでもある。ひとつの集落がなくなることとは、ひとつの風景が壊れることとは。何層にも重なった時間、出来事、記憶を思う。

でもまずね、前向きなんだね。じいさんが建てた家さ直し住んできたからね、小さくていいから、最後に自分で家建てっぺといまは思ってるんだね。娘のことも考えて、すこし便利なとこさ土地を探してね。部落の人たちと離れるのはさみしいもんだが、ただ俺は、生きていかねばなんないからね。

明治時代から大丈夫なんだからと思って逃げなかったのは、俺におごりがあったんだね。でも、何とかこうして生きたから、語り継がねばなんねえのわ。どうやって話そうかと考えているところなんだね。民話の語り手でもあるじいちゃんは、当たり前のように、また新たな語りを生もうとしていた。

これからもどこかで哀しみに暮れる人、過去にそういう気持ちを抱えたことのある人に、あなたは会いに行くでしょう。そして書くことを続けるでしょう。いいのよ、それで。ぜひやってください。ここに来てくれて、うれしいよ。

三年前、じいちゃんには戦争体験の話を聞かせてもらっていて、それをもとに小さな展覧会をつくった。今度は台風の話を聞きにきた。私はやっぱり書いてしまう。じいちゃんもわかって話してくれている。

避難所でじいちゃんと喋っていたら、民話の会のおばちゃんたちが炊き出しに来ていて、久しぶりの再会だった。あんだの『あわいゆくころ』ね、いまになって陸前高田の人たちの言葉が胸に刺さるの。ああ、こんな気持ちだったんだべなあとわかるようになっつまってね。それでね、いままたぱらぱらと読んでるのよ。

――言い方が難しいけれど、避難所を訪ねるとき、病院にお見舞いに行くような気持ちになる。実際に段ボール製のベッドが並んでいるのもあるけれど。家や財産を失うことを、身体の延長の一部を失うことだと考えれば、それは、大きな怪我や障がいを負うことと同じように考えることもできる。

段ボール製のベッドから仮設住宅に移り、公営住宅に移り、また新しく家を建てる。失ったものは戻ってはこないけれど、家や財産は代用品に置き換えられながら、徐々に暮らしは整ってゆく。

拠り所であった家族や知人を失うことで、こころに大きな傷を負う。人には代わりがいない。傷は消えないけれど、すこしずつ瘡蓋は厚くなって、やがて剝がれ、傷痕とともに生きてゆく。

十一月十八日

自然災害は、人間の想像をはるかに超えるイメージを、突然目の前に投げ出してくる。

人間の持つ想像力におけるタイムスパンや視野はとてもちっぽけなものになりがちだ。

それに比して、自分たちの心情のあれこれに対しては過剰なほどに細やかな想像力や感受性や倫理やルールを持っている。

十一月二十日

これまでずっと人間の感情、言葉、語り継ぎについてやってきたけれど、日々起こり続ける自然災害を目の当たりにして、もっと違うスケール感で何かを掴もうという姿勢でいかないといけない気がしてるこの頃。

自然に怒られてしまうみたいなナイーブな感じではなくて、人間の欲望、どうしようもなさとの闘いと、日常の細やかな感情や関係性やあたらしく実装されていく倫理のことを行き来しながら、これからについてアクティブに考えていくような感じ。

という気持ちに私自身がなっていることは大きな変化な気がしているのでまとまらないけどメモします。

十一月二十四日

台風19号があって、自分の価値観がすごく変わってしまった感じがある。東日本大震災以降、見ていなければならなかったのに、見ていなかったものが確実にあった。激しく変化しているのに、見落としてしまっていたものたちが。まだよくわからない。だからそれをちゃんと言葉にしていかなくちゃ。

同時代的な事象たちを同時に見ていかなければわからないことがあり、人の気持ちも感情も言葉も、またそうだ。

十二月六日

陸前高田。友人が家を建てるということで、上棟式へ。8年半前に津波が来て、何もかも壊れて、のちに草はらになって町跡を剝がし、土を重ねて出来た嵩上げ地の上には、ぽつりぽつりと生活が宿っている。不安はある、間違いもあるかもしれない、だけどここにもう一度日常を灯す。

友人の家は骨組みがおよそ出来上がり、大工さんたちが屋根貼りの作業をしている。ここに5人家族で入るなんて不思議だねえと奥さんがつぶやく。友人は震災後に地元に戻って奥さんと出会い、結婚して二人の子どもが生まれた。春からは、実家の跡地のほぼ真上で、父親と二世帯住宅をはじめる。

津波で家族も家もまちも失ったことは、本当に苦しいことだよ。でもさ、それがあったってことを否定したら、いまの俺も家族も否定することになる。だからさ、それはできないんだよな。いま、俺らは幸せだよ。それは死んだ母さんのために、とかではなくて、ただそうなんだよ。

嵩上げ地はただただ空が広くて、風が強い。市街地の外れには、住宅がぽつりぽつり。洗濯物が干されていたり、まだ建設中だったりする。それらの傍らには、真新しい家庭ごみの回収ボックスが寄り添うように置かれている。さあ、ここで日常を積み上げてゆこう。誰と生きてゆこう。

一家が暮らす山間の仮設住宅団地はひっそりと静か。住人は随分と減って、いまは地元の人よりも他県から仕事で来ている人が多い。間取りは四畳半二間と小さなキッチン。5歳の息子さんにとっては、ここだけが大切な自分の家。もうすぐなくなってしまうけど、彼は大人になっても覚えているだろうかな。

仮設住宅の敷地からは海が見える。堤防で阻まれて海の見えない嵩上げ地よりも、海が近く感じるのは不思議なこと。

海に面した広い平地は、ときに神々しく輝く。嵩上げの前もいまもそれは変わらないと思う。この数年でいったい何が起きて何がつくられて何が失われたのか。目の前の風景が眩しくて、いまはよく見えない。

十二月七日

もと市街地の上に造られた嵩上げ地は、中心部の商業地をのぞいては、ガランとしている。市街地で被災した人たちは、市外に移ったり、山を切り拓いた高台や先行して出来た公営住宅に暮らしたり。海が近いことや造成工事に対する不安があったり、造成を待ちきれなかったり、ここを選ばなかった事情はさまざま。

もちろんここを選ぶ理由もさまざま。もとの場所に戻りたい、コミュニティを取り戻したい。経済状況や土地の条件が理由の人もいる。しかしいまひとつ言えるのは、ここにあった〝まち〟は離散したということ。

もとのまちのコミュニティは8年半の時を経て、いくつかの高台、嵩上げ地、公営住宅団地、県外市外……と離散したまま固定化された。それぞれは車が必要なほど距離が離れており、病院や学校、役場、商業地、観光施設などの機能もバラバラ。

これから時を重ねれば、生活が馴染み、使い勝手がよくなって、まちの輪郭が見えてくるのかもしれないけれど、物理的にも精神的にも、いまそれを想像することは難しいと感じている。

震災後の陸前高田では、〝まちづくり〟と防災、ひいては慰霊、弔いはとても近しいものだったはずだというひとつの事実を、ここでもう一度書いておきたいと思う。

また同じ場所に戻ってくるという考え方も、この場所で人が死なないためのまちの構造づくりも、かつての面影を再現することも、風景に記憶を紐づける行為も、どこかで慰霊に関わるものだったと思う。死者とともにあるということが、生き残った人たちにとっては、これからを生き抜くための大切な思想となっていた。

十二月八日

5年前、高田の市街地の復興工事現場には犬の足跡。そして3日前、その真上にできた新しい地面に鹿の足跡。

十二月十九日

巨大な防潮堤を降りて近づいて見た海は濁った灰色で、荒々しい波しぶきを上げていた。震災から一周忌のときに見た穏やかで青くて親しかった海を思い出しながら、あなたは同じ海なのか？　と問いかける。変わってしまったのなら、なぜ？

手付かずの水辺のやわらかな輪郭が不意に目に止まり、そのうつくしさにはっとする。

整備された慰霊施設は、観光客と視察の人たちが多く訪れる。無機質な展示に合わせた定型の語り、観光ガイドの手短かな説明。この土地の語りを引き継ぐ者はいったい誰だろう、何だろうという問いが、改めて突きつけられている気がする。

十二月二十一日

海から山へと真っすぐ繋がる道路が整

備された。かつて保育所があった敷地と、津波に追われて子どもたちが逃げた道に覆いかぶさるように出来た幅広い避難路。まちは変わる、変えていく。繰り返される津波で命を失わないための構造に。

復興計画によって、被災を免れて残った家々も取り壊され、移転していることもここに記す。失い方は違うけれど、慣れ親しんだ棲家を手放すさみしさは、そこに暮らす一人ひとりにあったはずだから。そして、残された一部の街並みに託された、まちの人たちが共有していた記憶もあっただろうから。

――

一階まで津波を被った小学校は高台に移転した。前の場所の方が海に近かったけれど、街並みで隠れて海は見えなかったという。被災以降は、子どもたちが学ぶ教室から、壊れた家々の先に海が大きく見えた。新しい学校からは、すこし遠くなった海が、それでもよく見える。

学校の周りには新しい家がぽつぽつと建ち、洗濯物が揺れ、夕げの匂いが漂い、確かに生活がはじまっている。子どもたちが校庭で遊ぶ声、下校のバスに乗り込む挨拶が響く。高く、遠かったはずの箱根山がほんの近くで見守っている。

高台のこのエリアには、小学校、保育所、病院、福祉施設が揃い、徒歩圏内の住宅地もいくつかある。いまはまだ商店がほとんどないけれど、いつか建つだろうと思える。まちは人がいるところに出来る。ここを行き来する人たちが、地続きの未来をゆるやかに共有しながら生きてゆくから。

十二月三十日

台風19号で被災したじいちゃんがいた避難所が解散になったと連絡があった。じいちゃんは町内の仮設住宅に移ったという。20軒ほどの小さな仮設住宅団地だけど知らない人もいて、これから一緒にここでやっていくんだ、とのこと。年始には思ってもいなかった新しい暮らしのはじまりを迎える年の瀬。

80年以上暮らしてきた家が、集落が、コミュニティが突然壊れ、新しい生活をしなくてはならなくなった。まずそれは自分が選んだものでも望んだものでもないが、この歳になっても日々学びはあるのさ。助けてくれる人に感謝しながら、やっぱり生きていくんだねえ。

二〇二〇年一月一日

さっきまで強く吹いていた風がすこし凪いで、しずかな夜。自然の厳しさ、変容の兆候をありありと見せつけられた2019年だったけど、今度はどうかみなが穏やかに過ごせる1年となりますように。

一月十七日

阪神淡路大震災から25年の時間が経つと、それを体験していない人たちが多数になる。その間に幾度もの人や建物の入れ替わりがありながら、まちの復興もほぼ完了し、目に見える痕跡さえも周囲に馴染む。そこにはきっと、安堵もあるだろう。移ろいゆく風景にさみしさを感じながら生き抜いてきた日々に支えられて。

東日本大震災が起きたとき、阪神淡路大震災で家族を亡くした人は、これで阪神の体験が本当に忘れられてしまうのではと思い、とても焦ったという。一方、東日本で被災した人たちは、被災から16年が経っても復興は終わらないと語る阪神の人たちの言葉にショックを受けたという。

東日本大震災から5年が経ったとき、東日本で被災した人は、復興は終わらないという言葉にいまは救われる、と言った。心境も環境もたしかに変わっていくけれど、でもその傍らであのときの傷を抱えたままでもいい。かつてのまちを思っていてもいい。激しく移ろう風景の片隅で、それが支えになる。

阪神淡路大震災から20年あまりが経ち、阪神で家族を亡くした人は、語らねばと強く思ったという。世代が変わり、自分の暮らすまちにも震災体験のない人が多数になった。亡くなった人たちのことを語らなければ、彼らがもう一度消えてしまう。またある人は、被災の先輩として招かれた東北で、阪神のことを思い、一緒に泣いてくれる人たちに出会った。

阪神淡路大震災と東日本大震災。ふたつの震災の経験が手渡されあう時期が訪れている。それぞれの感情、復興状況、社会の変化……さまざまな要因が重なりあって、やっと生まれる継承の時間。遠く離れた場所へ届くことの安堵。固有の土地の、個人の出来事がどこかの誰かの拠り所になる。

あるときまでは出会うこと自体がしんどかった人たち同士でも、時間が経てば出会うべきと思えるかもしれない。旅する人はそういうタイミングを見計らって、両者を繋げられたらいい。繋ぐべき土地、経験、出会うべき人、言葉。

一月二十日

出会うはずのない人たちが出会い、安全に対話ができることそれ自体が希望だと素直に思う。そのために、場は変わり続けなければならないんだろう。

共感を求めることからともにいることへと、価値がシフトしている。そして、それをすでに実装している人たちがいることを知るうれしさ。

一月二十二日

共感から、ともにいることへ。価値の

移り変わりに苦しむ人もいるだろうけれど、変わるものは止められない。共感することの興奮を手放して、ともにいられることの穏やかさに救われよう。ただそこに、ともにいる。よくわからない人も愛しい人も、同様に。

共感したいと前のめりにならないことの価値は、相手をその領域に押し込めずに済むことと、自分自身がいかようであってもよいという自由さにある。

二月四日

日々いろんな事件が起きるから、すべてを覚えていられる訳ではないけど、その場所を訪れると思い出す、というか身体の中に記憶が立ち上がってくる感じがある。

記憶は風景に貼り付いている、依存している部分もあって、だから風景を作り変えてしまうことは、集団的な記憶を失うことでもある。

他者についての記憶はその人のいたコミュニティに貼り付いている、依存している部分があって、だからそのコミュニティが壊れると、その人の記憶が薄れてしまうことがある。

二月十日

表現によって、不在のもの、消えたもの、まだ形のないものを表すことができる。

だからつくるんでしょう、語るんでしょう。それらの容れものを用意するために。

普段の生活の中で、私たちはすぐに不在のものたちの存在を忘れてしまい、不用意に強くなりすぎる。他者よりも、自然よりも、時間よりも強いと思い込み、制圧しようとして、殺しあったり死なせたりしてしまう。ともに生き延びるために、弱さを丁寧に抱える。

不在のものたちの容れものとしての表現をつくり、誰かとそれを眺めることは、これからを生き延びるための大切な技術だと思える。

二月二十二日

今年はマスコミの取材受けないことにしたのね。去年散々まちが過疎化してるとか復興は失敗だとかって各社紋切り型で書こうとするの見え見えでね、そして何時間も話聞いて弱気に見える表情だけ流すのね。すると放送後に知り合いにね、なんだやけに暗いこと言ってたな、なんて言われたりしてね。

私たちはたまたま、まちのはじまりに居合わせてる訳でしょ。まだ出来て3年目のまちで、何がダメだお先真っ暗だなんて言われ続けたら、中で踏ん張ろうとする人たちのこころは折れちゃうでしょう、外の人の視線も冷たくなるでしょう。本当にとても困るのよ、だからもう話したくない、話さないのよ。

この季節になると急にやってきてさ、たった数時間いて、東京でつくったシナリオにハマる画面を撮影して帰ってくのね。去年なんかまだ造成も終わってない場所写して、ほら復興失敗だなんて放送したのね。それでこの辺の人はみんな怒っちゃって、なかなか取材は受けないのよ。

そりゃ不安材料はいっぱいあるよ、震災前には見たこともない大企業が入ってきて、まちを変えようとしている。計画の段階からわかってたことだけど、空き地もたくさんある。でもまだ3年なのね、はじまったばかりなの。10年後だってわからない、私たちはただこのまちで生きるって決めただけなの。

こうやって、まちの人たちはじわじわと話せなくなっていく。語りが記録に残らなくなっていく。聞き手に裏切られるということのしんどさ、その体験がずっと後を引くのだという事実をメモしておきたい。

震災直後は体験の〝キツさ〟で語りの価値を測られ、家族を亡くした人たちの語りがどんどん奪われていくように報じられた。それでも彼らは〝語れなくなった人たち〟のためにと、自ら喪失の体験を語り、メディアを通してその存在を可視化し続けた。自らの傷の痛みに気づかないくらいの必死さだった。

時間が経ち、徐々に口を閉ざす人が増えた。聞き手（記者、支援者など）も入れ替わり、彼らの語りを聞き受け止めるための想像力を持とうとしない人も増えた。体験者には語ることの痛みが積もり、身体とこころが持たないと感じる人もいる。

造成の形が見えはじめたころ（2017年ごろだろうか）から、マスコミのターゲットは〝誰かを亡くした人〟から、〝まちづくりの担い手〟に移っていった。国が押し進める復興計画の危うさはその前から見えていたはずだけど、いよいよ失敗だと騒ぎはじめ、そこに関わる人たちがまるで無知であるかのように晒しはじめる。

復興計画とは国による巨大な開発事業で、そのまちに暮らす人たちの意見では変えられない、変えられなかった、という場面がいくつもあり、その過程でコミュニティが壊れることもあった。被災後の苦しい時間と重なりながら、開発事業が進む。土着的に生きることを選んだ人たちが引き裂かれてしまう。

震災から9年、まちがはじまって3年。いまやっと、慰霊碑に刻む名前についての議論がはじまった。いまやっと、新しい町内会をつくろうとしている。いまやっと、開店祝いの花輪が飾られた。いま語られるべき言葉はなんだろう。被災地から離れた土地や人に渡されるべき語りは、風景は、問題は、なんだろう。

二月二十三日

陸前高田、嵩上げ地に出来た新しいまち。このまちのはじまりの頃、山が低くなって空が近くなった、でもいつかこの感覚も消えてしまうのかなと思っていたけれど、昨日の空もとても近かった。物理的に高くなったものはやはり高いままなのだろうかな。

—

忘れてしまうもの、見えなくなってしまうもの、消えてしまうものがある一方で、消せないもの、元に戻せないものがあり、その狭間で忘れられないもの、語り継がれるものが揺れているのだろう。

二月二十四日

今日は関西の大学に呼んでもらってディスカッション。２０１１年から続く支援と交流のプロジェクトについて、今年度参加した学生たちから報告を聞く。いま22歳くらいの人が、震災のとき何もできなかった罪悪感、という言葉をポロリと溢す。あのとき中学生だったあなたが負ってしまったものはなんだろう。

それを9年間背負い続けてきたのか、いま強く感じているのかはわからない。でもきっと、現場に行って話を聞かせてもらうことですこし、気持ちが和らいだのではないかな。そしてきっと、話した人もあなたに聞いてもらってほっとしたのではないかな。

震災当時に看護師やＤＭＡＴとして被災地域に入った人や、臨床心理士として沿岸部で活動を続けてきた人たちが、その経験を消化しきれず、最近になって大学院に通ってきているという事実もとても印象的だった。

—

私も２０１１年から随分東北には通わせてもらいましたが、陸前高田のまちを初めて見たときの衝撃は強く残っていますね。広おく流されて、夜になると真っ暗で、本当になあんにも見えなかった。ああ何も見えない、いくら目を凝らしても何も見えない、そのことがすごくショックだった。

しばらく静かな草はらだった訳だけど、２０１５年くらいから大変な土木工事がはじまってどんどんどん変わっていった。そのころからはなんていうか、見せられてる、いう感じが強くなって、それがキツくなって、しかしなあ、たとえ俺がうーん思うてもよそもんが下手に口出されへんしなあいう。

関西から支援を続けている人がそんな

風に話していて、ああなるほど、〝見えないこと〟から〝見せ（つけ）られてしまうこと〟への変化を思う。後者は国策として描かれる復興のイメージが、その土地や住民とおよそ関係のないよそから持ち込まれたものであることを表しているのではないか。

翻って前者は、被災によってまちが流され、その感覚は苦しさとともにあったと思われるけれど、もしかして風景においては〝見えないこと〟自体がそもそも重要なのかもとも感じられてくる。容易には見えない、見えたとしても他者が見るそれとはきっと異なるであろう、ということ。

被災によって住人、旅人、被災の程度の強弱、当事者、そうではない……など、さまざまな境界が生まれたり強調されたりしたときには、風景が容易には〝見えなかった〟けれど、外部からの強烈な復興の物語が導入されたとき、風景はあまりに容易で単一なものに〝見せられてしまう〟。

両者ともに極端な状況であるけれども、風景はきっと、見ようとするときにやっと見えてくるもの、そして、他者と違うものが見えること、他者が違うものを見出すことを許すものであるときに豊かである気がしていて、そう思うと、後者の状態の方に強い怖さを感じる。

二月二十五日

〝出来事から遠い人たち（≒当事者性の弱い人たち）〟が抱く罪悪感の本質って一体なんなのだろう？　似たような言葉遣いをしていても人それぞれ違うんじゃないかなって気がするときに、それぞれの心情を語ろうとするときのその細部にこそ何かが現れてくるような気もする。

二月二十七日

新型ウイルスの感染拡大。集えないから家にいるしかないんだけど、そうすると一人暮らしはひとりでいなきゃならなくて心もとない。震災のときも感じたけど、社会状況が脅かされたときに、それぞれが暮らす〝家〟という最小の場の力みたいなものが問われる。平常時には見えにくかった脆弱性がそこここから見えてくる。

三月四日

追悼式中止が相次ぐ。弔いの場、時間にこそ集うことに意味があるとも思うから、あまり簡単に中止しない方法を選びたい。せめて小さく集まって、ともに祈る場を。

三月五日

状況や環境が危うくなったときにこそ、サバイブするなら誰と？　という問いが浮かんできてしまう。そこにはきっと本質的な欲望が現れる。人間はそんなもんだ。だからかわいい。

日常っていうものはギリギリまで普通に続くし、人はそれをどこまでも続けようとするもののようだと思い出す。

三月十日

震災後の時間を一緒に過ごしてきた友人たちと、もう10年目に入るなんて長いねえほんと色々あったねえと話しながら、さて、これからの10年は一体どうなるのだろうと途方に暮れる。

三月十一日

震災から9年。弔いのために集うこともできない苦しい日々が続いている。いま陸前高田では、新しい地面が出来て、新しいまちでの暮らしがはじまっていて、初めて訪れた人には、この場所に嵩上げ工事がなされたことすらわからない、なんてことも。この事実は、とても力強い。

9年前、私は大学生で友だちとシェアハウスをしていた。強い地震で驚いてみんなで外に出て、南千住駅前に行ったらジムのプールから水がじゃんじゃん溢れてきていて、セブンイレブンの入り口が水浸しだった。なぜか豆腐とピルクルを買った。友だちが何人か集まってきて、居間のコタツでテレビを囲んで観ていた。

津波がまちを攫うところ、ヘルメットをしたニュースキャスター、ポポポポ〜ンのCM、原発の爆発、避難所の様子、日々更新される死者数、被災した人の声、壊れたまち、混乱する交通網、買い占め、放射性物質が付いてるかもしれないから服を払いましょうとか、そういうシーンを暗い部屋のテレビで観ていた。

SNSには、そういった映像や写真の切り貼りや、行方不明者を探す声、物資を求める叫びがたくさん流れていて、その隙間には、あなたはどうするの、私はどうしよう、という当てのない問いが行き交っていた。

あのときはとにかく友人同士で集まって一緒にご飯を食べて、不安なこと、考えていること、気づいたこと、悔しいこと、迷っていること……色々なことを話していた。被災した地域に向かう人、東京で仕事を全うしようとする人、それぞれの決断にすこしの摩擦や違和感を感じながらも、それでも一緒にいることが大事だった。

いま、このひりひりとした社会状況のなかで身体を寄せて集えないことは、とても怖いことだと感じている。

——

陸前高田。今日は、空がきれいな日だった。海に面する嵩上げ地の淵には数人が立っていて、ぽっかりと広い風景を眺めていた。かつてのまちのことを知る人と、そうではない人が半々くらいだろうか。小さな声でおしゃべりをしたり、所在なさげに目線をゆらしたりしながら、それぞれにその時間を待つ。

14時46分にはサイレンが鳴る。このまちにこのサイレンが鳴るのは9回目。

嵩上げ地からかつての地面へと繋がる階段が出来ていた。黙祷の後、その近くで、父親が二人の幼い娘に語り聞かせていた。あっちから波が来て、あの建物の一番上まで水があがってね。そこに市民会館、あっちに旅館があってさ。娘さんは小さなデジタルカメラを構えて、なんで写真に写んないの、と首を傾げた。

嵩上げ地から、かつての地面に建つ建物を見ていたら、そこから知っている人たちが出てきて、おうい、と声をかけてくれた。ひとりは、娘はね、今日が誕生日なの。昔からお寿司とケーキでお祝いなんだけどね、いまはいくら食べても食べた気がしないのね。結局お祝いされるはずの人がいないからね、と言った。

もう一人の人は、いままで工事もあって海に近づけなかったんだけど、今年から復興祈念公園が出来て海がすぐ近くなったでしょう、するとあっちの半島が見えるの、それでもうだめなの。結局娘はね、半島の断崖の、深さ4mの所で見つかったんだって。だから半島を見るとね、私もうだめなの、と言った。

たまたま居合わせた私がこの話を聞いていていいのだろうかと思いながら、やはり今日はこのまちにとってとても特別な日なのだ、ということを思った。

夕方、復興祈念公園へ。手向けられた花が風に揺れて、波音が響いている。仕事帰りであろう人たちと、連れ立って歩く中高生がぱらぱらとやってくる。あのとき小さな子どもだった人たちが、自ら海に向かい手を合わせるためにここを訪れる。過ぎた時間の長さと、確かに手渡されているものの存在を知る。

空が広い。海がやさしく溶けている。あの日を境に会えなくなってしまった人、いまは遠くに暮らす人、まだ生まれてもいない人、ここで日々を営む人、通りすがりに居合わせた人、風、声。みながたしかにここに集っている。

——

夜、友人夫婦の家でごはん。家族を亡くし、震災後にふるさとに帰ってきた男性と自宅を流された女性は夫婦になり、やがて二人の子どもに恵まれた。愛おしさが溢れる食卓には、とても自然なこととして、今日という日にも、震災という言葉が一度も出てこなかった。

9年という時間が積み重なった。癒えないままのこころと身体、まだ掴めない言葉、変わってしまった風景、新しいまち、愛おしい瞬間、晴れやかな気持ち、わかりあえない感情、受け渡された記憶や経験、忘れてしまったこと、忘れたくなかったこと、日々営まれる暮らし。そのどれもが確かに、ここにある。

二〇二〇

三月十二日

今年の14時46分はサイレンの響きの中に風の音と微かな工事の音が聞こえた。たしか2013年、14年の頃は、この時間くらい工事の音を止めてほしいねという声をいくつも聞いたし、私もそう感じていた。今年は日常のなかに弔いがあることの方が自然に感じた。復興工事は、このまちの日常になっている。

2012年3月11日はどうだっただろうと思い返したら、その日は日曜だったから、おそらく工事はお休みだった。朝から雪がちらつく不安定な天気で、全く一年前の今日を思い出しますよ、あの日もこんな風に雪でしたから、という話を聞いたのだけれど、お昼過ぎからはすっかり晴れたのだ。

三月十三日

新しい地面の上に出来たまちを歩いていたら、ふと、いつになったら普通のまちになれるの、という声が聞こえた気がした。

そして同時に、ああいうことがあったから特別なまちにしたいの、と話してくれた女の人の声を思い出していた。私ね、あんな大津波が来て大事な人とふるさとを失ったでしょ。だから、ここはその出来事をちゃんと抱え続けるまちにしていきたいの。悔しさも間違いもきちんと抱えた、特別なまち。

嵩上げのためか、空が近い。かつての地面からふっと浮き上がって、たしかに空に近づいた。空には、大切な人たちがいますか。それとも彼らはこの地面のずっと下で、あの頃のまま、日々を暮らしていますか。

三月十五日

嵩上げ地の片隅にぽつりと建てた家。おじちゃんは、生垣を作ろうかなと言って、細く小さな木を植えている。お隣さんはずっと先のあの電気屋さんだよ。こっちは何も建たない、ここは建てたくても建てられない、こっちは畑やりたいけど難しい、あっちはわかんない。おじちゃんの指先には、広く平らな地面が延びる。

荒地になりつつある嵩上げ地の利用促進とか、よくわからない外の企業が雇用増やしてくれるはずだとか、地元の食材使った弁当を観光地値段で売ったりとか、復活させた祭りの山車が蔑ろになってるとか、住民同士で町内会の話し合いもできないとか……みんなしょぼいよ、とおじちゃんは呟いた。

今度家建つからさ、おら家《ぃ》さ泊まれ。孫ちっさくておもしぇぞ。あんたらの部屋もつくったから、いつでもおいで。庭に花さ植えてきれいにしてっから。まわり何にもねぇがら、気兼ねしなくていいぞ。誰もいねぇがらな、いまなんでもできるんだぞ、ここは。

三月十六日

新しい地面とかつての地面はその境界を埋められることのないまま、平行に存在し続ける。淵に立ち、互いに向きあう。触れられなくても、語らうことはできなくても、きっと、ともにいることはできる。

三月十九日

やっぱり名前ってとても大切なんだ。亡くなった人たちの存在を立ち上げるためにも。

9年経って、やっと名前の刻まれた慰霊碑が出来る。

空襲で亡くなった人たちの名前を刻んだ慰霊碑は75年経ってもまだない、と語る声をふと思い出した。

三月二十三日

人が死なないために人が集えなくなる。さみしいけれど、さっとすぐに慣れていく。

三月二十七日

展覧会も公演もイベントもだめ、これまでの使い慣れた手段が使えないんだったら、新しい技法やメディアをつくればいい。

9年前の震災後の実践で、そういう勇気と慎重な仕草、それでいて軽いフットワークは手に入れた気がするんだ(ねぇそうでしょ、といろんな人に問いかけたい)。

三月二十八日

テレビだけを鵜呑みにせず、淡々と情報を仕入れて話し合い、自分の家族や大切な人、そして自分自身の身体を守ろうと努める冷静な人たちの姿にホッとした陸前高田の一日。周りに流されず、そして過剰に他人を変えようとはせずに、自分のできる範囲の、でも最大級の行動を静かに行なう。

現状に苛立ちながらも、自らの頭で生活者としての判断を逐一選び、家族や大切な人たちを守り暮らしを続ける人たちの頼もしさ。

三月三十日

感染への不安を感じるあまりに、自分や近しい人の身を守らねばと祈るばかりに、また数字ばかりを追いかけるようになっていた。遺体を埋葬する場所が足らず、スケートリンクや公園での仮埋葬が行われ、そこで死者を思い涙する人の姿を見たとき、個々の人生が一気に想起され、彼らは数ではなく人になる。

いま私たちは、一つひとつの死を悼むことができる。命がなくなることは、一つひとつとても重く、悲しく、さみしく、悔しい。ということを、これからも手放さずに済むように。ぎりぎりで保たれている日常が続きますように。

このウイルスの騒動では、まずは自分の、他者の身体を守らなくてはならない。ともかく生き抜かなくてはならない。そのあとかその最中からか、社会構造を見直すための議論が必要になる。いい面も悪い面も出てくると思う。個人は仕事や居場所の立て直し、傷ついたこころのケアはもっともっと長期戦になる。

傷ついたこころに向き合う時間は、いまよりもっとしんどいかもしれない。今回の出来事では、世界中の、全員が傷を負ってしまう。だけど、だからこそ、何か。この危機の間に、みなが同じ光景を目撃するからこそ、それに照り返されて、これからを、ゆっくりとした速度でともに考えていけるような気もする。

だから、とにかく生き抜こう。不安な気持ちをシェアしながら、人を攻撃するのではない形で、ともに生き抜く回路をつくる。言葉は、うたは、写真は、映像は、インターネットは、いまそういう風にも使えるはずだから。

四月二日

なんだかこのまま人がじわじわ亡くなるようになっても、緊急搬送される人、家のなかで苦しんでる人がすごく増えても、それ以外の人たちは日常を続けてしまうような気がしてきた。苦しんでる人を見て見ぬふりをしながら、普通に電車に乗って仕事にゆく。

震災も戦争も公害問題も、そうやって乗り越えてきたとも言えるかもしれないけれど。弔いも語り伝えも後悔も悲しみも差別も、関係者だけの問題にして、社会では、国では、引き受けない。

他者の痛みは他者のもの、という美徳。会話や情報に共鳴してしまう自分自身も蔑ろにしていないだろうか。

他者のために祈るという習慣、そのための時間がないからこそ、辛くなりすぎてしまうのではないかな。

一番しんどいものは孤独なのだ、さみしさなのだ。ひとりで耐えているときこそ、他者のために祈る。

四月十三日

世界は元のようには戻らないけど、何もかもが全く変わってしまうということもないだろう。出来事の後を生きるとき、人は変わらなかったことに絶望しながら、変わらないものにすがるんだと思う。その歪みに生まれる小さな語りを拾い集めたい。

四月十四日

仙台で学ぶのは、非常事態に陥ったとき、無理やり元に戻そうとしすぎないこと。長いスパンで付き合うというモードにパッと切り替えて、1年、2年先、はたまた10年先とかをゆるく想像しつつ、静かに話し合いながら渦中を過ごす。過剰に盛り上がりもせず、しかし安くも見積もらず、淡々と。

これはおそらく震災の経験で得たものだと、彼らは控えめに話す。1カ月で戻そう、無理だったから1週間延ばそうという風に、半端なタイムスパンを設けてしまうと、その度にこころが挫けてしまう。大きな出来事が起きてしまったら、なかなか元には戻らない。〝以後〟の世界と付き合いながら、日々を繋げていく。

とはいえ非常時はいつか終わる、もしくは、非常時のなかにも日常が立ち上がる。

震災以後の時間をともに生きた人同士のゆるい繋がりを信じられているからこそ、ポンと遠い未来を想定しても、あまりパニクらずに暮らせているのかもしれない。互いに感覚を共有していると思える〝ゆるコミュニティ〟が一人ひとりを支えている感じがする。

四月二十日

緊急事態宣言下で暮らす。非常時の問題のひとつは、他者との違いを許容できなくなること、自分と他者の境界が判断できなくなってしまうことかもしれない。

震災のとき、フィクションが読めなくなったという話をたくさん聞いて、その要因は現実が物語の設定を超えてしまったからだと語られていたけど、ここにもうひとつの要因があるのかも。自分と他者、現実と物語を異化できないということ。

四月二十六日

大切な仕事のため南三陸へ。久しぶりに部屋を出てまちを抜けて、広い風景の前に立つと、なんて圧倒的なんだろうなあと思う。音も匂いも光も色も、風景はどこまでも追いきれない細部を抱えて、ただここにある。私はこういうものに憧れるし、追いつけないからこそ絵を描くのだった。

こういうドライブってキツネに化かされたかという感じでまったく目的地に着かないときがあって、まさに今回それで、何時間走ってもうつくしい風景しかなかったけれど、目的地にはなかなか着かなかった。着いたときにはもう暮れかけていて、それがまたにくい。

本当は陸前高田まで行ってお墓参りしようと思ったけどやめて、あと一カ所どこか寄りたいなと思ったら途中に祈りの丘という大きな人工の丘があり、車を停めてあがったら防災庁舎と海が見えた。手向の花が一束風で揺れていて、手を合わせると悲しいというよりも、ここに無数の生があったことがただわかった。

陽が落ちてくるとその光を浴びる背中だけがあたたかく、影が濃くなり、輪郭を濃くするまちや森、木々と葉の細部が浮き出て、風の音、波の音、鳥の声、すべてが透明な空気を介して届き、それは全く私の身体の感覚を総動員しても敵わぬ豊かさで迫ってくる。風景の前に立つとはそうだ、どうしようもなくひとりであるということ。

いまとても全体主義的というか、個人の物語や感情が横に置かれ、大きなものを守るため危険を排除するという高揚感にみなが溺れかけていると同時に、そこからはみ出す者として排除される恐怖にも怯えている日々だと思うのだけど、でも圧倒的な風景の前に立つと、私は私に戻れるのだと思い出す。

五月五日

昨年10月12日、台風19号で被災した丸森町の川辺の集落へ。土砂は依然降り積もったままだけれど、穏やかな端午の節句。梯子を組み合わせた高い支柱と、立ち枯れた木の間に紐が通され、そこへ鯉のぼりがゆらゆらと泳いでいた。

久しぶりに訪れた集落は、やはり土に埋まったままだった。片付けものをしてる人、立ち話をしてる人たちがぽつぽつといた。台風からまだ半年。でも、もう半年が経った。じいちゃんの家にじいちゃんはいなかったけど、庭の藤がちょこんと咲いていた。

台風の直後にじいちゃんは、あんたが描いた風景はすっかりなくなったよ、と言った。当時は私もそう思った。だけど今日改めて同じ場所に立ち、スケッチの線を引いていると、あれ、ずいぶん残っている、ということが実感された。

少なくとも確実に、うつくしさはここにある。津波から一年後の陸前高田でも、同じことを考えていたのを思い出した。

五月十日

非常時から〝普通〞に戻っていくときにこそ分断が生まれるから、注意深くいなくてはならない。私たちは思うよりずっと残酷に、〝あちら側〞に行ってしまった人たちを忘れ、常に郷愁とともにある〝普通〞にしがみつく。でも本当は、大切な人や場所やあり方を、置き去りにしたくはないはずだ。

五月十一日

丸森のじいちゃんから電話が来て、この前実はこっそり行ったんですよと話したら、なんだ仮設に寄ってくれればよかったのに、と言う。コロナだから仙台から行くとあれかなと思って、と答えると、マスクして距離取って換気すれば問題ないんだよ、と笑ってる。じいちゃんの冷静さにいつも救われる。

まちの方はだいぶ片付けて田んぼもはじまったけど、うちの方はまだまだ瓦礫だらけでしょう、とため息まじりに言うので、でもじいちゃんの庭に藤の花が咲いててきれいでしたって答えたら、そうそうあれは台風で折れてかわいそうなの拾ってオレが助けたんだよって誇らしげ。おかげさまで私も元気になりました。

鯉のぼりも舞っててきれいでしたって言ったら、じいちゃんは、何にもないけどね、戻れなくてもね、毎日のように、いまもみんなあそこさ通ってるんだよね、と笑ってた。

五月二十日

まちを歩いても災禍の爪痕が見えないとき、人は思いのほかとてもはやく、その出来事を忘れていく。たいしたことじゃなかったのに、そうなるのはあなたのせい、なんて簡単に言うようになる。そんななか訪れる経済的打撃と、そこで被害を受ける人たちのことを、隣人としてどう支えることができるだろう。

五月二十三日

どこに、どのような石碑を建てるのか、ということを思う。

伝染病の経験は、はじまりと終わりが見えづらい。そして当事者性の中心が設定しづらい。だからこそ、記憶を遺しづらい。ひとまず、どこに、どのような石碑を建てるのかという問いを立ててみる。そこから何か見えるのではないかな。

五月二十五日

たとえ10万人が亡くなったといっても、アメリカの人口からすれば1%にも満たず、それは小さな数にも見える。少なくともそこに入ってしまったのは、私ではなかったし、私の身近な人でなかったといって、忘れてしまうこととさえもできるかもしれない。しかしそれは一人ひとり、ほんとうに、人間だった。

死者の痛みを、死者を弔う人の悔しさを、ともにわかちあうために、私たちには、彼らの生きた物語の断片を知る必要があるのだろう。

物語のわかちあいには互いに苦しさと葛藤があるけれど、それを引き受けない限り、私たちは何度でも、同じ過ちを繰り返してしまう。

五月二十七日

見知らぬ人を思って涙するために、物語があるのではないのですか。

五月二十九日

震災10年目、コロナ禍、オリンピック前、２０２０年春。

五月三十一日

傷ついたまま何十年も放置されたこころが、この社会の片隅に、無数にある。

六月四日

災害で亡くなった人の名前を公表するかどうか。いろんな状況があると思うけど、自分が近親者だったらと想像する。せめてその死を公に開くことで、理不尽な出来事が忘れ去られないための抑止力になるかもしれない。また、弔いの思いを寄せる人たちと繋がれるということもある。

日本では（特に出来事から間もない頃は）、名前をあえて発表したくない人も多い気がする。そこには色々な理由があるけれど、おおごとにしたくない、噂になりたくないなど、周りへの葛藤もあると思う。欧米では、故人の名前を共有することが、もっとポジティブなことであるように見える。

その人の死は、遺族の持ちものではない。その人の死はその人自身のものである。そして、その人がもういないというときに、その死は、遺族だけのものになるべきではないのだろうなと思う。

私の名前は親のものでも恋人のものでも職場のものでもない。私がもし〝未曾有の災禍〟で死んだとしたら、私はおずおずと、躊躇いながらも、私の名前が〝語り部〟として生き続けることを引き受けたいと願うような気がする。

自分の生が脈々と続く大きな流れの中の一粒であるとして、死ぬときにとても重要な出来事に巻き込まれたとしたら、その経験は私だけのものではなく、公に開かれた方がよいと考える。語らねば祖先にも未来の人にも申し訳ないべ、と言ったじいちゃんの顔が浮かぶ。

だけどそんな風に思うには、遺したものを取り扱ってゆく社会への信頼がとても重要なのだろう（諦めも必要だろうけれど）。

六月二十九日

子ども時代に災禍を体験した人たちが、いい語り部になることが結構ある気がしている。子どもってたしかに体験はしているんだけど、大人と対比するとどこか当事者になりきれないところがあると思う。距離を持って見ている（しかない立場に置かれがち）というか。

成長過程のかけがえのない時期に身体に刻み込まれた体験はなかなか消えず、ともに生きていくしかないから、いつか向き合わざるを得ない局面が来てしまうのだろう。とてもしんどいことだろうけれど、時間が経って言葉にできたとき、それは本人にとっても社会にとっても大切なものになる。

七月四日

陸前高田の常宿が休業中とのことで、久しぶりに隣町の温泉宿へ。感染対策として、日帰り入浴客と宿泊客の利用時間が分けられていた。景色のきれいな露天風呂は地元のおばちゃんたちの社交場で、以前は私もよく混ぜてもらっていたけれど、いまはもうそんな出会いもないのだなあと思うとさみしい。

明るいうちにと思い露天風呂に入ったら先に二人いて、会話から察するに親子だった。娘さんは私よりすこし歳下くらいで、母親は50代くらいだろうか。

その親子の母親の方に、どちらからですかと問われた。仙台ですと答えると、彼女は、私たちは茨城です、と言う。その一瞬に小さな惑いがあるのを互いに感じ、感染とか気にされます？　と表情で図り合いをして、あ、大丈夫なタイプです、あ、よかった、とすぐにわかりあって会話に進んだ。

その母親が、どこかこの辺でおすすめありますかと言うので、何が見たいですかと問うと、いくつかの観光地をあげた。そのどれもが遠かったので、なかなか無茶ですねぇと笑っていたら、実は私子どものころこの辺に住んでたんですよ、陸前高田というまちに、もう何もかも変わっちゃってましたけど、と言う。

通ってた小学校も、さっき探しに行ったんですけどなくて。高台の中学校から下りた辺りに住んでたんです、というので、森の前ですかと尋ねたら、え！　そうです、住所は……と、彼女はするするとかつて暮らした番地を口にした。家の周りは田んぼで、通学路に商店街があって……小学校から海は見えなかった。

そうですか、森の前は震災前には住宅

街になって、たくさん家が建ってたんですか。山際だから油断して、たくさん亡くなったんですね。40年前は田んぼだったのにね、せっかくみんな一生懸命家を建てたのに、悲しいものですね。そうか、じゃあ私の知ってる人も亡くなったのかしら。いまさらになって言うことじゃないですけどね。

ほんと今日40年ぶりでね。すっかり道も変わってしまってね、ほとんど何もわからなかった。いまさらさみしいものですね。津波のときも何もしなかったのにね。さっき見たら、また海側に家やお店が建っていて心配になりました。え、嵩上げ工事？　ぜんぜん気がつかなった、じゃあ地面の高さまで違うんですか。

母親が、そうかあそうかあ、と40年の時間と震災後の時間を想像し直しているあいだ、娘さんは、よかったね、ここまで来て話が聞けてね、私にはぜんぜんわかんないけどよかったよ、と言って寄り添っていた。

いまは感染の心配をする人が多く、地元の人を訪ねづらい状況にあるけれど、この場所に来れば、この場所のことを想う人に会えるのだと気がついた。

七月六日

陸前高田、うつくしく光る風景を歩く。震災から間もない頃、田んぼの跡地だったこの場所には、きれいな水が溜まり、透けた水面に糸トンボが踊っていた。しばらくすると復興工事がはじまって、仮の土嚢が高々と積み上げられた。そしてまた、田んぼに戻った。

誰もいない畔《あぜ》を歩いていると、鳥や小動物が不意に出てきてこちらを見遣る。ふと、いまいる場所が過去なのか未来なのかよくわからなくなる。いつかまちの人が語っていた震災前の光景のような気もする。いや、あのじいちゃんの子どもの頃かもしれないし、ずっと先の未来かもしれないとも思う。

ともかく、私はこの風景が見たかったのだと思った。このまちを信頼しているのは光がうつくしいからで、だからきっと絵が描けると思った。

七月七日

陸前高田。友人宅に泊まる。友人夫婦とその夫の父親と、出会った頃には生まれていなかった子ども二人と夕飯を囲む。居間と和室の片隅にはそっと、震災で亡くなった三人の遺影。数年前まではこの遺影たちが家族の中心だったけれど、いまは走り回る子どもたちがこの家を動かしている。

この春、土盛りして出来たばかりの新しい地面の上に家を建てて引っ越してきた。友人はいま、まだ空き地だらけの地面の上を、子どもたちとスケートボードで走っている。12メートル下には、かつて暮らしたまちがある。

これだけでなんとドラマチックなことだろうと私は思う。久しぶりの会話のなかでそんな話をすると、友人は、もう過去のことは語りたくねえな、いまはいまでまず楽しいからと言って、泣いている長男を抱き上げた。彼の中で震災からの時間がきちんと〝過去〟になったのだろうと感じた。

次の日、友人の奥さんと子どもたちと近所を散歩した。彼女は歩きながら、もうわからなくなってるなあとときおり頭を抱えながらあちこち指をさして、この真下辺りがアジサイ通り、五本松の岩、あのプレハブの向かいらへんが私の実家ですかね、ああでもこんなにわかんないんですねと悔しそうに笑った。

彼女の身体のなかにかつてのまちがたしかにあって、ギュッと目を瞑るたびにそのどこかにピントが合うのだろうか。また目を開ければ現在の風景があって、ピントはぼやけてしまうのかもしれない。現実は強くて眩しくて楽しい。三輪車が真新しいコンクリを引っ掻いて音を立てる。子どもらが跳ねている。

目の前にあるのは、流されて草はらのようになった地面や工事中の砂埃。かつてのまちを惜しむ人たちの語りからは想像できる訳もなかった光景だけれど、でもどこか懐かしい感じがした。彼女には、子どもたちには、どんな風に見えているのだろう。

——

お世話になっている人が高台に家を建てた。ご夫婦と娘さん夫婦とその娘。親子三世代、なかよしで楽しい家族。リビングの隣には広い仏間。震災で亡くなった息子さんと、震災後に亡くなったじいちゃんばあちゃんの写真が並んでいる。みんな一緒にいる。この家で、穏やかな暮らしを一日一日重ねていく。

窓からはなじみ深い山並みと静かな海がよく見える。もとの町内会のご近所さんたちも、何軒かはすぐ近くに家を建てた。津波で流された地面からすこしだけ上がったこの場所で、まちの営みが続けられていく。

七月八日

高台に再建されたご夫婦のお家へ。嵩上げ工事前、地元のおばちゃんたちが流された集落跡に植えていた花々も、この庭に定着した。かつてのまちが埋められ、ここへ移って3回目の夏。再建を待つ間に亡くなったおばあさんのために植えたというユリも、ご夫婦の生活にぴったりと根付いた。

食卓には、おじちゃんが山で採った山菜とおばちゃんの地元のワカメ、スーパーで選んでくれたであろうご馳走が並んでる。話題の中心はおじちゃんの子ども時代の笑い話。育てた馬を売りに行ったり、テキ屋で酔っ払いが騙されたり。部屋の壁には、避難所で撮ったポートレートや嵩上げ前の花畑の写真たち。

この部屋で穏やかなかけあいを聞いていると、震災という出来事が、二人の人生史のひとつとして、確かに馴染んでいきつつあるのが感じられた。

テレビには、熊本の豪雨災害の様子が映し出された。二人はそれをじっと見つめて、しばらく黙っていた。こういうときは何より水がありがたいもんだよ、食うのは何日かは耐えられるが、水はそうもいかねんだ。水でやられても、水なんだよな。俺らも次の日給水車が来たときは、神さまに見えたべな。まず、世界が変わってしまったんだっつぁ。俺は山の子でよく川で遊んだがな、60年くれえ前にあちこち植林してからは、遊べる川じゃなくなったのさ。貯水能力が落ちて水が溢れやすくなって、採れる魚もねえ。日本中がそうなのさ。そして雨も増えてるからな。水との付き合いがうまぐなぐなってるのさ。

おじちゃんは、しかし気の毒だべなあ祈るしかねえなあと続けた。こういうちょっとした会話のなかに、いま起きていることの背景を示唆してくれる知見と冷静さを感じる。生活知は、自身の困難な境遇すらも、距離をとって見返す冷静さを支えてくれるのだろう。震災後のご夫婦を見ていると、そう思う。

——

東日本大震災の話題が単独だと届かなくなってきているような。近頃取材を受けると、震災とコロナ禍を絡めて語ってくださいと言われる。実際、コロナのあれこれで震災のときのことを想起することもあるし、引用して語ることも解決策を探ることもできるだろうし、それはきっとみんな自然にやってることではあると思うのだけれど。

七月九日

先週陸前高田に行ってみて、なんだかまた随分人びとの暮らしが落ち着いた感じがあって。コロナで人の行き来が減って、仕事も一時的に止まったことが、まちの人たちにとってはどこかギフトのような働きもあったのかなと感じたなあ。

震災からずっと忙しかったし、外の人が求める役割を果たさなきゃいけない感じも続いていたし、でもやっとすこし立ち止まって、純粋に自分や自分たちの暮らしを考える時間が取れた人も多かったんじゃないかなと思う。

生活を楽しむ姿は見ててうれしいし、これまでの思いを聞いてきたひとりとして、ホッとした。一方で、ここで起きたことをしつこく考え続ける石碑みたいな存在として、表現者やメディアもやっぱり必要なのかなと感じた。もちろん体験者から体験は消えないのだけど、生活はとても強いものだから。

七月十日

嵩上げ地に小さな家を建てた人。離れて暮らす娘さんに、よくそんなところに泊まれるねえ、幽霊出ないの？　と言われ、思わず笑ってしまったという。流された町跡に土が盛られて出来た新しい地面には、どこまでも清潔な住宅街。たしかにそんな気配はどこにも見当たらない。

津波の直後は、幽霊見たって人たくさんいたのにね。交差点で動かないタクシーとか、避難所跡で白い人影を見たとか。たしかに嵩上げ地の上には、彼らの気配が感じられない気がするの。じゃあいったいどこにいったんだろうね。ちゃんと天に登ったの？　それとも土に埋めてしまったの？

七月十一日

家流されて、家族も亡くして、僕が当事者じゃなかったら誰が当事者なんですか？

小学校五年生のときに震災に遭った青年は、明日はないかもしれないっていう気持ちが強くて、だから日々の暮らしを楽しむことが大切で、あまり遠くに目標が立てられなくて、なんていうか、どこかずっと余生っぽいところがあるかもしれないですね、僕、と笑った。

その後会った小名浜の人も仙台の人も同じような感覚があると言っていた。本当に一度死んだようなものだから、ちゃんといまを楽しむこと、充実させることに重きを置くようになった、あまり先まで考えないようになった。余生っぽさは、震災の〝当事者〟であるという感覚とどこか近しいだろうか。

そして、全く安易には重ねられないのだけれど、コロナで外出ができなくなって世界の変化をリアルタイムに見ていただけの私も、いますこし、彼らに近い感覚を持っているようにも思う。世界は急に変わってしまうのだから、いまや近い未来を充実させることを大事にしたいと思うようになった。

もしこの感覚を、世界中の人がどこかで感じているとしたら結構大変なことかもしれない。この〝余生っぽさ〟は、容易に消えてなくなるものではないような気がするから。きっと、これからの生活に実装されていく。

七月二十五日

陸前高田の友人から届いた、娘さんの映像に映る山影に驚く。嵩上げで山と地面の関係が変わり、山が土に埋もれているかのよう。もしかつてのまちなみがあれば、建物に阻まれて山はこんなに見えなかったのではないか。過去と全く切り離されて存在する、この風景の新しさにはっとする。

かつての地面を埋め立てて出来た新しい地面で、穏やかな暮らしを繋げていく。かつての風景を知らない子どもたちがすくすくと育つ。いつか彼らは、自分のいる地面の下に、見たことのない世界を想像するだろうか。そこには自分の父母の暮らしの痕跡が埋まっている。

――

震災のことは、なくなることはないんだけどね。近頃はもう身体にぴったりとくっついてしまったみたいでね、特別意識しなくてもいつもあるの。それで、日常のふとしたときにはっきりと浮かぶのね。だからわざわざ語ったりとか、思い出そうとしたりとか、そういうことは減ったかなって思うの。

10年という時間が経つ前にそんな言葉を聞いて、これまで確実に歩みを進めてきたその人の、一歩一歩の凄みを思った。

八月六日

体験者を支える人、体験の記憶を引き継ごうとする人も無数にいる。いつか体験者がいなくなったとしても、その記憶や存在を引き継ぐ人たちのなかに、小さくとも、体験の火は宿り続ける。火は問い続ける。私たちがどう生きるのかを。火の存在は重く苦しいけれど、でも同時に、たしかな希望のようなもの。

東日本大震災の記憶を聞きながら10年が経ってみて、その記憶が決して消えていかないことを知った。記憶が身体の中にある限り、人は〝いつか語るかもしれない存在〟である。そしてたとえその人が語らなくとも、隣にいる人は、彼彼女らが身体の中に秘めていた記憶に、影響を受け続けるのだと思う。

火は決して消えない、受け取った人たちの身体の中にも火種が宿る。確かに変質するし、見えにくくなる。でも私たちが他者の存在を思う限り消えてしまうことはない。反対に、他者を思うことをやめてしまえば、私たちにとっていかに重要な出来事も、体験者の尊厳も、社会からふっと消えてしまう。

八月九日

小学5年生、札幌で震災を迎え、その後中学生になって宮城に引っ越してきたという彼女は、親の思いつきで被災沿岸部に連れて行かれたときに怒りを覚えたという。とりあえず見ておいた方がいいとか、子どもの教育のため、と言った父親の言葉が、どうしても被災地を利用しているようで許せなかったと。

実際に被災した風景を見た彼女は、こういう場所にいた人たちとこれから関わるのかと想像し、わからない、と思ったという。そこには、わかったと思ってはいけない、という強烈な感覚があったのではと思った。同時に、わかられてたまるか、という10代特有の大人への怒りもあったのかもしれない。

彼女は、〝大人〟や報道を通じて震災を知ることに対して、常に怒っていたようだった。いまも触れづらい、難しいことだからこそ、いつか自分で納得できるタイミングが来るまで置いておきたい、という気分があると言っていた。だから、外からの言葉で知った気にさせられてしまうことを避けていたのかもしれない。

こういう怒りについての話を直接聞いて、対照的に、被災地域で生まれ育ち、〝何もかもに感謝する〟〝復興の担い手になる子ども像〟を半ば求められ続けてきた人たちのことも気になった。彼女らは、思春期特有の〝怒り〟を持つことすら許されていなかったのかもしれないと。

被災した小学校で出会った明るい男の子が、中学校に入って言葉を話さなくなってしまったことをふと思い出してしまった。

あの頃キレまくっていたという彼女は、最近は他者の気持ちを想像して泣けるようになり、自分も大人になったなあと感じます、と穏やかに笑っていた。あのときうまく怒ることができなかった子どもたちは、いまいったいどんな風に育っているのだろう。

ほら、子どもってやけに冷静で、あまりにも正しかったりするじゃないですか。だから震災のときも、なんかいいことしようとしてる大人見て、いまはどうしようもないじゃんって思ってました。大人になるにつれて正しいだけじゃいられなくなって、でもそれに慣れると楽になるんですけどね。

八月二十三日

たとえば大勢が亡くなる自然災害があったとき、弔いが必要だ、と思う。そのときのイメージは、一人ひとりの死者に花を手向けるというよりも、もうすこし幅の広い意味合いがある。亡くなった人はもちろんだけれど、悲しんでいる人たちにも、動物や植物や地面なんかの傷みにも想いを寄せたい、という感覚。

震災の語りを聞くときは、生きている人（ときにご遺族）に話を聞くことになる。対面する人の語りを通して、死者本人に近づく感覚はあるといえばある、けれどやはり決定的にわからない。だから多分、死者本人のことを想像するというよりも、亡くなった無数の〃その人らしき人たち〃を想う時間になっている。

無数の〃その人らしき人たち〃の拡張のなかに、傷んだ地面とか、居場所を奪われた動植物、遺された人たちの悔しさとか、そういうものも含めて〃出来事〃を想像し、その空間に向かって祈るような弔いのイメージがある。海に向かって手を合わせるとき、私は特定の誰かを想像しているわけではない。

特定の個人を弔うことは、とてもプライベートな結びつきに拠る行為だと感じている。それが公になるとき、政治性を強く帯びてしまうことも多くある。一方で、ある社会的に大きな出来事を弔うことは、名も知らぬ無数の誰かたち（モノや動植物含む）、その群れ自体を、細部を持って存在させることからしかはじめられないのだと思う。

生きている誰かの語りを聞くことで、出来事の細部を想像する。そこで、その人が語る〃とある死者〃だけでなく、周りに存在した無数の死者たちに、弱く繋がっていく。想像力の糸を繋いでいくと、記憶する、継承する、思考する……ことが発生する。その根のところ、あるいは総体に、弔いの感覚がある。

公共の祈りとプライベートな祈りは、多分とても異なる。そこを混同して話をしていると、異なる当事者性を持つ人たちが互いを傷つけ合うようなことも起きてしまう。

九月十一日

震災で伴侶を亡くした方のインタビューなどを読み、語り手（生きている人）の年齢と、亡くなった伴侶の年齢がぐっと広がっていることに時の流れを感じた。当時50代のご夫婦だったら、亡くなった人は50代のままなのに対して、語り手はもう60代。人の生にとって、9年半という時間はやはり大きい。

―

90代の人に話を聞きに。彼女の語りが、戦争で苦労した人生でした、という風に結ばれて、彼女の人生の時間のほとんどがその体験の影響を強く受けていると捉えているのだと思った。

食糧難の時代から高度経済成長、バブル崩壊、自然環境の悪化、コロナ禍……彼女にとってはすべて、戦争にまつわること、だったりするのだろうか。

―

年をとるってせめて楽になることだと思ってたけどね、そうじゃないのね。さみしいことね、別れが多すぎる。

九月十六日

大船渡の露天風呂で満点の星空を眺めながら、今日も震災当日の星空の話を聞いたなあと思い返す。あの日、日が暮れて水浸しのまちが見えなくなって、その代わりに見えてきた星空が本当にきれいだった。私、あの状況にいたのに、きれいだ思ってしまったんです。

しかし一方であの日の空の記憶は抜け落ちている人もいて、そうかあの夜は晴れてましたっけね、津波のすぐあと一時ひどい雪になって、すぐ近くの島も見えないほどだった。それを覚えているからね、そんなに晴れたって記憶がないです、という語りも聞いた。

津波の後ね、気仙沼のまちの方が煙で見えなくなって、私何かの山が噴火したんだと思って、もう終わりだ、死ぬんだって同僚と話してました。おっきい火事だったんですよね。やがて空が真っ赤になって、強烈な朝焼けみたいに見えて、ああきれいだって思いました。

—

高田の中心市街地は建物がまた増えて、すっかり〝まち〟として定着したような感じで、秋風と相まってとても居心地がよかった。12メートル下にかつての地面があって、そこへ土を盛っていまの地面がある。5年前まではただの土塊だったのに、いつの間にかちゃんと〝まち〟になっている。

屋外で安心して立ち話できるということは、〝まち〟の定義のひとつになるのかもしれないなあ。

九月十七日

9年半前、はじめてここを訪れた。被災で傷だらけの風景に夕暮れで、おばちゃんは、悲しい、悲しいと言っていた。私は彼女の話をぼんやり聞きながら、目の前の薄暗い風景をただ怖いと思っていた。何度も訪れるうちに、ここはきれいな場所だと気がついた。今日も、ちゃんときれいだった。

—

久しぶりに陸前高田の人たちと会えた。早いもので8、9年のお付き合いになる。被災後の風景から復興工事を経て、まちのはじまり。震災前のことはほとんど知らないけれど、この9年の濃い時間のことはすこし知っているから、話せることも多い。思い出話みたいになるくらいに時間が経ったのも事実なんだと思う。

いろいろおしゃべりしていると、あのとき聞いたのはこういうお話だったのかな……と、9年半の時を経てやっとピンと来たりもする。あの頃はわからないなりに聞いていて、それは失礼なことでもあったんだけど、でもいまやっとすこしわかったので、これからもこの言葉を握りしめて生きていきます、と思う。

同一人物とのおしゃべりで理解を深めることもあれば、たとえば戦争体験の語り部さんや、妊婦になった友人の話、失業して苦労した人の話を聞いたときに、高田のあの人が言ってたのはこういうことだったのかな……！　とピンと来ることもよくあります。

今日はいろんな人とお話しして、亡くなった店主が話していた言葉たちの意味がやっとすこしわかったかも……という場面がたくさんあった。そしてそれを語り手に伝えたら、あちらもピンと来てる！　みたいな場面もあって、話を聞く者は常にメッセンジャーの気持ちでいなきゃだなあと改めて思いました。

――

高田はこれまでの復興期の間に3、4回くらい市街地（店舗や主要建物が密集するエリア）の位置が変わったと思われるのだけど、それはやっぱり人間がまちを形成していく本来のペースとすごく違ったのだと感じた。まちが立ち上がるのは本設になってから、これからゆっくりじっくりなのだろう。

人が暮らす場所に店が建つ、とにかく先に家なんだよって繰り返し店主が言ってた意味がいまさらながらよくわかった気がした。とくに高田町は商人のまち。大切なのはノスタルジーよりも変化なのかもしれない。

――

いつ死んでもいいっていう人もいるけどな、若い人が死ぬのを見てきたからさ、俺はもう、そうは思はねえわな。人が老いるまでに体験することの一通りは体験してから死にてえって、思うようになったな。

九月十八日

私の原動力は、誰かが抱えたままでいる、さみしさへの共感です。これからも、消えそうなもの、片隅に追いやられているもの、壊れかけているものたちの声を聞きにいき、それらを支える風景を眺め、書いていきたいと思います。

九月二十日

展覧会の搬出のためフェリーで北海道へ。このフェリーに乗るのは２０１１年夏のゼミ旅行ぶり。当時の仙台港には津波の漂流物がぷかぷか浮かんでいて、その上にカモメがとまっているのを見た。今年はコロナで艦内施設が使えなかったりするけど、乗客は思いのほか多く、みないい感じに酔っ払っている。

九月二十八日

陸前高田。嵩上げ地にも住宅がすこしずつ増えてきた。そして売地や貸地も出はじめている。
放課後の中心市街地には学生たちの姿がたくさん。

十月一日

嵩上げ地の際から、線路跡が見える。この線路をまっすぐ行ったところに、私の実家があったの。この嵩上げの土にトンネルを開けてね、ずっと進んでいくと、かつてのまちがある。二重のまちの入り口。なんてね。

そうそう、山の見え方はこんな風だった。10メートルも嵩上げしたんだもんね、もう3年もあの上にいるんだもんね。それでも山の形はなんだかまだ慣れないの。でも、空の見え方は嵩上げの上の、いまの空の方が近くて好きかもしれないな。みんなが近いような気がするよね、なんかね。

夕暮れは本当にきれいなのって、嵩上げ地に店を建てた奥さん方が言うのよ。
ほんとだ、たしかにきれいね、すぐに色が変わるのね。

—

矛盾してることやどうしようもないことがたくさんあるけれど、それをそのまま受け止めていく過程で、物語が生まれる。どちらかに割り切ってしまえば物語は生まれず、違う意見を持つものを断罪するのみになってしまう。

現代に民話が減っているって？　なんでも簡単にどちらかに分けてしまおうとするからさ。

—

陸前高田の嵩上げ地を、この真下に暮らしていた人と歩く。おじちゃんは津波が怖いという奥さんの希望を受けて、山奥に家を建てた。いまもときおりここへ来て奥さんと散歩するというので、ふるさとが埋まってさみしいですか、と問うと、ああそういえばここに住んでたなあと思うくらいだね、と笑う。

工事がはじまったときはなんだか色んなものさ失うみたいで苦しかったが、いまこうして新しい人たちが暮らしてるのを見ると、ああこうなったんだなと思うくらいなものなのさ。奥さんと歩きながら昔の話して、懐かしいねっていうので十分なんだ。もう別のまちになってしまったようなものだからす。

でもね、いまじゃ家建てる場所さ失敗したなって話してるのさ。造成に時間がかかるのと、ご近所さんが集まっている高台は希望者が多くて難しそうだったのもあって、土地があった山奥に家を建てたけどもさ、車ないと買い物もできないし、知り合いもいなくてさみしくてわがんにゃあ。
10年経てば10個も歳を取るんだもんね。車の運転も不安になってくるし、そしたら夫婦二人山奥じゃ暮らすに悪いがすと。結局嵩上げ地にしか店っこないからす、宝くじさ当たったらこっちさ家建て直すべって話してるのさ。

陸前高田では9年半の復興期間で何度も〝中心地〟の位置が変わった。そのたびにまちの人たちは、日用品を買うようなお店が近くなったり遠くなったりして不便を感じていたと思う。おじちゃんが6年前に建てた終の住処は、すでに失敗作になってしまったという。津波の怖さよりも、日々の便利が勝るのもまた生活。

未曾有の破壊からの立て直し、弔いに向き合う所作を探る、隣の人と物語を編み直す慎重な9年半の〝あわいの時間〟からふっと目醒めると、その時間の長さが個人の身体にのしかかり、自らの老いに気がついたりもする。

十月三日

最近は特に戦争や震災などの災禍を表現するとき、その作者にそれを描く資格があるかということが、読み手にも作者自身にも大きなハードルになってしまうことが多いけれど、でも本当に〝継承〟を考えるならば、一生懸命それを描こうとする限り、誰もが表現した方がよいんだと思う。

当事者や関係者を傷つけたり蔑ろにしたりするのはなしだけど、ちゃんと踏み込むこともときに大切。それが表現者としての責任の取り方でもある。

―

陸前高田。高台に出来て4年目の住宅街。津波前のご近所さんたちで近くに家を建てたから、みんな徒歩で集まってくる。じいちゃんばあちゃん、近頃耳が遠いのって笑いながら、会話にならない会話を交わし、何とか夕飯を用意する。10年経って、70代から80代になった。あの人最近心配だあ、なんてひそひそ話。

津波前の地図を囲む。会館前のスナックなんて名前だったべ。むがしは花街だったんだ、うちの二階から飲み屋が四つも見えて。そこさの裏には防空壕があってす。懐かしい、いま嵩上げでみんな埋まってしまってどこがどこかもわかんねけんと、明日みんなで歩いて思い出して、印に石でも置いてきやすぺ。

10年経ってみんな歳をとったけど、もとのご近所さんたち同士で支え合い。これからも色んなことがあって、一人ひとり欠けていくかもしれないけれど、それも営みなんだと思えるくらい穏やかな時間がちゃんと宿っている。

津波、戦争体験、闘病、老い、どれも等価のようになって、会話に出てくるようになった。かつてのまちのご近所さんのこと、花壇に植えていた花の名前、子どもたちを遊ばせた史跡について、青春時代の葛藤や、誰かのお酒の失敗談、食卓を囲みながらの懐かしい笑い話。

―

最近では、津波前のあのまちも、いま暮らしてるこのまちも、ちゃんと存在しているって思えるようになった。埋まってなくなってしまったというよりは、あのまちはあのまま、私や、もしかしたらまちの人たちの身体の中にあって、ここで日常を送ってると、ふっと現れてくれるような、そんな感じがするの。

嵩上げ地にも草が伸びたでしょう。それが津波の後の、街跡に出来たあの草はらみたいにも思えて、自分がどこにいるのかわからなくなるときがある。でもね、震災が起きてから、新しいまちが出来るまでの間の時間は、やっぱり辛かったのかな。だいぶ薄れてるような気がする。

あのまちは震災が起きたそのときで一度途切れていて、新しいまちが出来てからは三年が経つ。その間の時間にもほんとにいろんなことがあった気がするけどね、でも、もう遠いの。

津波のこともね、そんなこともあったなあと思うようになった。もちろんとても悲しいことだったけれど、でもいまはちゃんと、いまの暮らしがあるからね。これからのことはわからないけれど、私はここで生きていくから。

十月五日

石巻で聞いた話。あの日、地震の後片付けをしているところに津波がひたひたとやってきて、私も両親も二階に上がって助かったんです。食べるものもなく一夜明けて、ぐちゃぐちゃに壊れた商店街を歩いていたら、食べ物を抱えている人がいた。話しかけてみたら、あのコンビニやってますよ、と言うんです。

そんなバカなと思いつつ膝まで水に浸かってジャブジャブ歩いて行ったら、プール状態のコンビニが営業してる。店員さんがレジカウンターの上にちょこっと腰かけてね、棚にあるものも、そこらに浮かんでいるものも、なんでも買えますよ、と言うので、私、浮いてるカップ麺を拾ってね、買って帰ったの。

うそみたいでしょう、でも本当の話。私だってまさかこの状態でお店なんかやってる訳ないと思っていたけど、一歩まちに出てみれば、そうやってたくましく、辛うじて残った日常を、何とか続ける人たちがいた訳です。

―

牡鹿で聞いた話。あの日、地震のあと、

慌てて事務所から書類を持ち出そうとしていたときにね、大津波さ。ここらは入江だから津波が来るのが早くて、おまけに高かった。それで俺も津波に呑まれちゃって、20メートル、あの電柱のてっぺんにしがみついたんだもの。でも運良く流れてきた小舟に飛び乗った。

浮きに摑まったじいさんが流されていくのを見た。助けられねえ、悪い、と思っているところに引き波さ。呑まれたら終わりだ。俺は夢中で泳いだ。そしたらね、あの高台に俺の家があるんだが、そのちょっと下に着いたんだよね。それで、家まであがって、たまたま風呂が沸いてたもんだから、服を着たままドボンと浸かった。

それはそれはあったけくて有り難かったぞ。もちろん電気は点かなかったが、俺はそのまま地震で傾いた家で、いつもみたいに一晩過ごした。避難所から津波を見ていた家族は、父ちゃんは絶対死んだと思ってたみたいだが、明くる日俺が普通に現れたもんだから、腰抜かしてな。その後泣いて抱き合った。漁師やってる仲間たちは、津波来るときには船を沖に出すもんだからね、4日も5日も船にいて、食べ物も飲み物もなくて大変だったということだ。何せ近づこうにも、浜は瓦礫でいっぱいなのさ。やっぱり星がきれいだったと言っていた。

あの高台には神社があったんだが、神社って地面に杭を打っていないでしょう。だから社がそのまま流されていった。ぷかぷかとね、あの赤い社はいったいどこまで行ったのかなって、いまでもときどき話すのさ。

もはや民話みたいなお話が、津波から10年経とうとする浜へ、不意に流れ着いたみたいに、ぽつぽつと落ちている。

―

ふと、ロンドンで聞いた話を思い出す。陸前高田でつくった作品をロンドンで発表したとき、ひとりの青年が声をかけてくれた。たしかその人はインドの人で、スマトラ島沖地震のこと知ってる？　と問うてくる。もちろん、ニュースで見ました、というと、僕のおじさんが流されたんだ、という。

僕のおじさん、いつも酔っ払いで有名で、その日も朝から飲んでてフラフラだった。そこへ津波が来てね、おじさん、流されてった。困ったやつだけど人気者だったから、みんな悲しんでね、お葬式もしたの。でもね、4年か5年後に、なんとひょっこり帰ってきたんだよ。

おじさん、帰ってきたときも変わらず酔っ払いだった。だから詳しいことはわからないけどね、流れてきた丸太に捕まって、ぷかぷか漂流していたんだって。夜になると星がきれいで、ずっと歌っていたんだって。

うそみたいだろ、でも本当さ。おじさんは誰よりもリラックスしてたから生き延びれたのかなって僕は思うよ。だからね、リラックスって大事だって、きみに伝えたくなったんだ。

—

仙台で聞いた話。おじちゃんのふるさとは県南のまちで、津波の翌朝車で向かったが、そこにはもう何もなかった。腰まで水に浸かりながらあちこち歩いていると、お向かいさんが亡くなっていた。何とか引き揚げて、ペットボトルの水で顔を洗ってあげた。自衛隊のヘリが飛んできたので、助けを求めた。亡くなったその人は元力士で、とにかく身体が大きかった。自衛隊員たちが運ぼうとするが、腰が抜けるほど重い。その場にいた住民たちも集まって、何とかヘリコプターに収容した。あの重い身体が空に浮かんでいくのを見送りながら、みなで手を合わせた。

いまにすればちゃんと見つかった人はまだよかったがね。俺の同級生でもまだ行方不明のやつがいてな、まちにすれば何十人と帰ってこないままなのさ。やっぱり最後のひとりが見つかるまで、復興とは言えないんじゃないですか。そういう気分にはならないんじゃないですか。

ふと、田老で聞いた話を思い出す。堤防が守ってくれると思って住民の避難が遅れたという話もあるほど、立派で巨大な堤防は、大津波に襲われあっけなく壊れた。あの堤防はなんだったんですかね？　と問うと、田老のおじちゃんは、あれはやっぱり必要だったのよ、と言う。

死んだ人さ堤防に引っかかって、沖さ流されねかったから、行方不明の人が少ないのさ。津波がみんな攫ってもね、やっぱりちゃんと帰ってこれるってことは、大事な、大事なこったよ。

十月六日

今日も蒲生干潟はうつくしかった。

ゆっくりだけど、自然は戻ってきてますね。あとは野鳥たちの居場所が必要だからね。ここに適した木を、これから植えていくんです。何年かかってもね、必ず戻るから。そのとき私が生きていなくても、子どもたちがきっと、その姿を見るんでしょう。

—

亘理町、阿武隈川の河口。昨年の台風の影響で河口の形が変わり、砂地もなくなってしまったという。波も変わって、いい波が来るポイントもずれたんだよね、と地元のサーファーの人。それで、その台風被害で土砂が崩れて川が氾濫してしまった上流のまち、丸森町から砂を運んで、また浜の整備をしているらしいよ、とのこと。

台風直後に丸森のじいちゃんに聞いた話では、土砂崩れの原因として、植林した山の手入れが追いつかず山が荒れてしまっていたこと、ソーラーパネルのために木を切ったこと、そして被災地域の護岸工事のために山を削っていたことを挙げていた。どれも人間の沓りだね、と苦笑いしながら。

内陸の村の山を崩して、海まで運ぶ。何トンもの砂が何十キロもの道のりをゴトゴト運ばれてゆく。何かを壊せば、どこかで歪みが出る。災害が起きて、誰かが苦しむ。しかしどうにかこうにか辻褄を合わせるように、また直す。このループを止めるために、本当に考えなきゃならないことはなんだろう?

―

東日本大震災における震災伝承の施設、そしてそのコンテンツたちが、観光・PR目的になってしまっているのはひとつ大きな問題になると思う。記録、アーカイブの施設がなさすぎる。

十月七日

どんな人にも語るべき〝話〟がある、と信じるとき、まずはその誰でもを、〝普通の人〟に戻さなければ、と思う。この体験をしたとか、この属性を持っている、ということをその人自体の価値と直接結びつけないために、〝話〟を〝話〟として取り出さなければ、と思うのだ。

たとえば被災したとか人を失ったということが、その人自体の存在価値になっては危うい。しかし、震災から9年半経ってなお、誰かにそれを求め続けている私たちがいる。

十月九日

宮城県にも大きな被害をもたらした台風から、もう丸一年が経つ。土砂で自宅が埋まってしまったじいちゃんは、いまも仮設住宅で暮らしている。終の住処にと言って、小さな家を建てるという。じいちゃんは87歳。一日でも早く、安心して暮らせる家に住まえますように。

正直私は、東日本大震災のときは、自宅再建を急ぐ人の気持ちがわかっていなかった。でもいま、お年寄りにとっての年月の早さ、一日一日の貴重さと、自宅に住むこと、安心感を持つことが、人間にとっていかに大きなものかをすこし想像できるようになって、なるべく早く自宅とコミュニティが再建してほしいと思うようになった。

もちろん現場にはどうにもできないこと、しょうもないこと、よくわからないことがたくさんある。そのなかでも細々と暮らしを紡いでいくのが人の営みだから、じいちゃんは仮設住宅でだって生き生き過ごしているだろう。けれど、でもせっかくなら、と願うことは、もしかすれば支援者の役割かもしれない。

〝当事者〟は、さまざまな状況要因や情報によって、いろんなことを諦めながら生活を続けていく。それが、生き抜くための技術だから。でも、そういう〝当事者〟の諦めを集積していくだけでは、次の災害の〝当事者〟も同じ諦めを強いられることになってしまうかもしれない。

支援者は、〝当事者〟が編み出していく、〝困難の中で生き抜くための技術〟に魅せられてしまうところがある。でも一方で、この状況を俯瞰的に見て、思考し、話し合い、その困難をより複雑にしている制度や仕組みの間違いや抜けを指摘、改善していくことにもっと尽力できればよかったとも思う。

東日本大震災から10年を迎えようとするいま、支援者たちがまた集まって、話し合う機会が必要な気がしている。災禍の現場の傍らに居させてもらった人たちが見聞きしてきたもの、あるいは自分たちの行ないを振り返って、その知見を次の災禍の現場に繋げていくために。

十月十日

津波を被った集落跡で芝生が育つ。海の近くの砂地で育つから、ラグビー場やサッカー場に相性がいいという。かつてここで農家をやっていたおじちゃんたちが、せっせと砂をかけて、芝の成長を整えている。どこまでも広くて、うつくしい。丁寧に手をかけてまた立ち上げられた、新しい風景。

光る風景に会いたくて生きている。

十月十六日

震災に関わる記事など読んでいると、なぜこの人にこのような苦難が重なっていくのだと思わされるときがある。震災で複数人の家族と家や財産を失ったあと、こころを病んだ親類を慰めながら自宅を再建したときに、更に家族を失う、など。信じられないようなその歩みに驚きながら、そっと気持ちを寄せるしかない。

もうこれ以上の苦難がこの人に降りかかりませんように。心穏やかな日常が戻ってきますように。悲しみを分かち合える友人がそこにいますように。

—

震災当時子どもだった人と、久しぶりの電話。うち、実は去年の台風で被災して、家を取り壊したんです。泥だらけの家具を外に出したり、使えなくなった日用品をゴミ袋に入れたりしながら、もしかして津波に遭った人もこんな気持ちだったのかなって想像していました。私はそれでやっと、震災というものをすこし、体感的に理解したんだと思います。

小5のときの震災は怖くて怖くて仕方なかった。うちは内陸で津波に遭った訳でもないけど、なんでこんな目に遭わなきゃいけないのってパニックだった。でも去年の台風では、実際に家に水が入ってきて生きるか死ぬかだったのに、案外落ち着いていて、パニックになってる父を気遣う自分がいた。

不思議ですね、いまになって震災に遭った人の気持ちがわかるようになったことに、すこしほっとする自分もいます。10年も経ってしまったけど、それは悪くないことだなって、思うんです。

十月十七日

丸森のじいちゃんがテレビに出ていて、仮設住宅でインタビューを受けていた。生まれ育った自宅はもうすぐ解体になるという。じいちゃんの集落は、自力で集団移転をする。国の制度を使うと何年もかかるため、みんなで相談をして、補償はなくともすこしでも早い道を選んだという。

集落が離散しないように、慣れ親しんだコミュニティのなかでみなが安心して暮らせるように。じいちゃん87歳。終の住処は仮設住宅じゃなくて、やっぱり自分の家がいい。

東日本大震災の被災地の人たちが出ていた番組枠に、まさか丸森町のじいちゃんが出るようになるなんて、一年前までは思いもしなかった。陸前高田の人たちが悩んでいた集団移転の制度で、丸森の集落の人たちがまた苦しむなんて、想像していなかった。

もはや日本全国どこが次の被災地になるかなんてわからない。だからこそ、どこかが経験した制度の歪みや理不尽は早めに解決できた方がいいし、各地で生まれたノウハウもまとめて使えるようにしとかなきゃならないんだ。

十月二十日

復興途上のまちを歩く。山を伐り地表を埋め立て、延々と防潮堤を築く。海はもう見えない。土木工事で土砂が川に流れ出す、過度に樹々が伐採されれば何が起こるか、想像に難くはないだろう。土が崩れる、水が溢れる、棲み家を追われた動物がこちらにやってくる。これをやってよかったのかという根本の問いを忘れてはいけない。

これが成功か失敗かはまだわからないけどね、これをやろう、こうしようと決めた人たちは十字架背負ってると思いますよ。ぽつりとつぶやかれた言葉が思い出される。

あの嵩上げはつまり、津波で土地の価値が下がってしまったから、その価値をなるべく戻すためにね、防潮堤造って土を盛って安全だってすれば、また価値が上がるわけ。そうなれば、その土地の価値を元手に、土地の持ち主はこれからどうしようかって考えられるでしょう。基本はそういう発想だと思うよ。

信仰の山を伐っていいのか、環境は大丈夫なのか。そう思うよね。せっかく嵩上げしたのにいま空き地だらけでね、もうどうすんだって思う。でもね、もうね、ここから何とかやっていくしかないでしょう。

それでもわれわれはここで、淡々と生活をしていくしかないですから。変わっていく社会と環境、そのなかで生きていくために、やれることをひとつずつやっていくしかないですから。

十月二十一日

震災伝承施設になった旧気仙沼向洋高校。校舎の一部は最大限被災当時のままに残されている。対して、校庭部分はグランドゴルフ場となり、ゲームを楽しむ人たちの声が響く。圧倒的に止まったままの場所と、いままさに動いている身体。さまざまな時間や出来事や感情が交差して、不思議な心地。

十月二十三日

陸前高田。流された市街地に広がった弔いの花畑。嵩上げ工事で埋められて、いまは12メートルもの土の下。あの花畑で出会って、もう8年の付き合いね。おばちゃんはそう言って、あちこち指差しながら、かつての暮らしを教えてくれる。長い時間を経て、私はやっと彼女の震災当日の体験を聞いた。

あの日ね、大きな揺れがあって、ものが散乱して大変だったの。もう停電になってたからね、お父さんが車のテレビつけて、3メートルの津波来るって知って、すぐ公民館の人さ声かけに行ったのよ。そのあと戻ってきてね、今度は10メートルの津波来るとなったって言うから、車に乗せられて、山さあがったの。

間に合わない人もいたった。お父さんはその人さも見てるけどね、助けてる暇はねがった、仕方ねがった。避難所に行ったらね、上から見てた人が、おばちゃんたち生きててよかったたって泣いてくれた。もう波さ呑まれてるように見えるくらい、私たちもギリギリだったんだって。

私は浜育ちだから、地震来たら津波、即高台って教わってたのにね。結局ここまで津波来るって頭はねかったんだよね。でも、お父さんは山育ちなのに冷静だったんだね。自分の頭で考えて、助けられる人助けて、助けられなかった人も見たけんとも、ちゃんと逃げたんだもんね。

私もお父さんもよその出身なんだけんと、みなさんすぐ受け入れてくれてね、ここはとっても住みやすかったの。隣の家のおばあちゃんは、私が一番信頼してる人だったのね。だからやっぱりここに来ると、ほんとに懐かしいよ。お世話になったんだもの。嵩上げでどこがどこだかわからなくても、懐かしい。

いま、おばちゃんたちは山の上の造成地に暮らしている。もともと同じ町内会に住んでいた人たちと声を掛け合いながら、一緒に体操したりご飯を食べたり、日々を過ごしている。この場所にあったコミュニティはこんなに豊かでしなやかなものだったのかと、私はその様子を見て、また驚いている。

でも実は彼らの親交が深まったのは、震災後に花畑の活動を一緒にやったからなのだという。もともと顔は知っていたけれど、そんなに近しくはなかったのだと。災禍を経て新しく出会い、10年の時を経てまた、この場所にあったものの続きが、別の場所で確かに編まれている。

繋がりとは、土着とは、まちとは、コミュニティとは、家族とは、支え合うとは、看取るとは、頼るとは、日常にある小さな問いの答えを、ふとこの人たちに請いたくなる。

9年半の時を経てそれぞれ歳を取り、できないことも増えた。もう遠くまでは歩けない。耳が遠いし記憶は朧げで、会話はスムーズでないかもしれない。車の運転もやめなきゃならない。手を携えながら、みなで老いる。真新しい一軒家が建ち並ぶ高台の造成地には、今日も高齢者が行き交う。静かで、強い。

被災地域を見続けることは、再生の物語をともに歩くということだけれど、それは同時に、老いの現場を目の当たりにし、考えることだなあと思う。

十月二十四日

被災してからずっと、いろんな人に取材されて、聞かれるがまま答えてきたの。するとね、夜になるとドンと落ち込むのよ。自分が話したくないことまで話してしまうからだね。聞かれるとヘラヘラって答えられるの。でもね、近頃ふと気づいたら、自分がほんとに語りたい言葉がわからなくなってたんだよね。

自分の気持ちが追いついてないのに言葉にしてしまっていたもんだから、私なんだか最近空っぽなの。仮設店舗の喫茶店で、彼女はグラスを拭きながら言った。

——

高田で被災して、隣町に引っ越した家

族。そのご夫婦と仲良くなってもう8年が経つ。かつて一家が暮らした木製の仮設住宅は、いま新しいお家の敷地内に移転されて、離れとして活躍中。ここで撮影させてもらった作品を一緒に見る、すこし特別な夕飯時。

息子さんは映像の語りにうんうんと頷きながら、自分の震災当日の話をはじめる。あの日俺は家にいて、近所のおばちゃん心配で迎えに行ってね、車に乗せて山さ上がった。すぐ後ろまで津波が来てたらしくてな、おばちゃんは黒い波さ見てたんだっけ。8年越しで私は、同い年の彼の語りを聞いていた。

知人が描いたかつての高田の街並みの絵を見せたら、息子さんは懐かしい懐かしいと言いながら、まちのあれこれを思い出しているようだった。あのお菓子屋旨かったけんと復活しなかったな。あっちのケーキ屋はみな亡くなってしまったが、働いてた人が新しい店さ建てたっけ。あの甘さはあの店そのものだもんな。

もう10年か、早かったなあ。まず、色々あった10年だったな、大事なことも忘れてしまうくらい。そう笑って息子さんは、その後もかつてのまちについてぽつぽつ話した。ある言葉が語られるには、それ相応の時間がかかるということ。そして同時に忘却も進んでいくということ。近頃そんなことを思う。

十月二十六日

東松島市大曲。ここもかつては住宅街だったけれど、大津波で攫われた。いまは3メートルの嵩上げで、当時の面影はほとんどないという。工事がはじまる前までは、母さんの車が見つかった場所に花を手向けに来てたんですけどね。もう何もなくなっちゃったから。自宅の位置もぼんやりとしかわからないですね。

—

しんどいときは、やっぱり誰かと話すことが一番です。語ることで何かが解決する訳じゃないけど、聞いてもらえた、誰かと気持ちを共有できたという実感が、その一つひとつの積み重ねが、生きる気力になっていくんだと思います。ああ今日も生きたぞって。家族を亡くした青年がぽつりと言った。

—

東松島市野蒜地区、造成された高台の住宅地。駅、学校、福祉施設、公営住宅、さまざまなものがコンパクトにまとまって、まさに〝高台移転〟という感じがした(お店はまだまだ少なそうな感じでした)。

—

旧東名駅周辺。津波が攫った場所にポツポツと住宅。住宅と住宅の間には空き地がポコポコ。犬と散歩するおじいさん。すこしだけ不思議な風景に、災禍と制度と生活の絡まりが浮かび上がっているような。

東名運河は今日も（ちょっと怖いくらいに）うつくしかった。この印象は2011年とあまり変わらない気がした。

―

この10年で、生きていると予想外の災禍が次々に起こるということを知って、自分が本当にやりたいことをやったほうがいいと思うようになった。コロナを経てそれは強まって、地固めするより身軽であることを大切にしたくなった。やりたいことは全部やろう。

十月二十七日

死んだ妻に花を手向け続ける夫の映像を見て私も泣いてしまったんだけど、でも映像の中のその人が、僕も死にたい、と言ったとき、え、なんで？と思う私もいた。死んだ人とあなたの命はどうしたって別物なのだから、あなたは死ななくてもいいのに、生きてくださいと素朴に思ったのだ。

十月三十日

山元町の旧中浜小学校は先月から震災遺構として公開。海から数百メートルの距離の校舎はもともと津波想定範囲内にある。住民の要望で敷地全体を2メートル程度嵩上げしていたこと、沖合で津波がぶつかり高さが出なかったことなどさまざまな要因が重なり、児童職員地域住民は屋上待機で難を逃れた。

屋上の見学は必ずスタッフ同伴となる。実際にみなが避難したという屋上から津波到達ラインを見てみると、もし2メートルの嵩上げが施されていなかったらここも危うかったことがわかる。津波到達予測時刻を鑑み、内陸の高台への移動が困難だと判断し、垂直避難を選んだという。結果として、みな無事だった。

津波の後、みなが一晩を明かした校舎の屋根裏へ。小学校の物置きなので、段ボール片や布類に混じり、学芸会で使われる衣装やカツラが散乱していた。これらで暖を取り、身を寄せ合ったのだという。悲劇の記憶からは色や質感が抜けやすいけれど、そうか、このかわいらしくカラフルなものたちが命を救ったんだ。

数年前に訪れたときよりも机や椅子が錆びていた。時間は、〝あのとき〟で止まる訳ではなくて、この場所だって進んでいる。震災遺物は人の命よりも長くこの世に存在し、悲劇的な体験を伝え続けるかもしれないけれど、それでもいつか朽ちて語らなくなる、ということをぼんやりと想像した。

かつてはここに家々が建ち並んでいました。想定よりも大きな津波が襲い、多くの人が亡くなりました。だから私たちはより高い場所に移転します。ここで命が助かったことを、奇跡だと持て囃すだけでいいでしょうか。これからそこかしこを襲ってくる災害から、ちゃんと逃れることができるでしょうか。語り部さんの言葉。

——

閖上の慰霊碑。刻まれた名前を目で追って、その中のいくつかを指でなぞる人。晴れた金曜日の夕暮れ。

この近くに残った自宅跡に通っていた人のことを思い出す。最初は来るのも嫌だったけど、だんだん懐かしくなって、町跡眺めに寄るようになった。すると、やっぱり俺みたいな人がいるんだね、行き合って思い出語りするのが楽しみになった。ここが埋まってしまったら、それができなくなるのがさみしい。

復興工事がはじまる前、おじちゃんは折に触れてそうつぶやていた。地元の人にとって町跡が消されることは大変な恐怖なのだろう、と私は感じていた。いま彼は嵩上げ地に自宅を再建し、日々生活をしている。ともに暮らす人たちと新しいコミュニティを育もうと声を掛け合っている。

この9年半、嵩上げ工事をしたり施設を建てたり、形あるものの整備はものすごい力で押し進められてきた。弔い、語り、コミュニティ、関係性、記憶……形のないものはこれから、多分きっと、はじまったばかり。

十月三十一日

防災士さんに聞いた話。防災セットには何を入れたらいい？　と子どもたちに聞くと、水！　食糧！　お薬！　など、大人と同じ答えを出したという。ゲームは持ってきたくないの？　と問うと、遊び道具は役に立たないから持ってっちゃダメって言われたよ、と答える。

実際に避難生活の経験を持つ彼女は、避難所で子どもたちが遊んでいてくれると、大人たちはとても助かったのだと話す。大人は別のことに時間を使えるようになるし、彼らの楽しい声は場を和ませる。ゲームやぬりえなどの遊び道具があって、うんと助けられたんです。

あなたの好きなおもちゃをひとつ、防災グッズに入れていいよ。その代わり、普段は遊んだら必ずそのカバンに戻してから眠ること。そう約束すると、子どもたちにとって防災グッズが身近になり、非常時にも自ら持ち出せるようになるのだという。

大人の理屈と子どもの世界。ふたつは随分異なるけれど、それでも共存しなくちゃならない。ちゃんと子どもの言葉を聞いていこう、と思う。

十一月五日

東日本大震災の津波から間もない頃、近海の魚やタコから人の身体の一部が出てきたという話を聞いたことがある。だから、海のものはもう食べたくないんだと。漁業網に引っかかって、遺体があがったという話もあった。しばらく忘れていたけど、ふと思い出した。

近頃ここらでは、大きなタコが獲れるというんだ。きっとやつら、流された人の身体を食べているからね、そんなに巨大になるんだよ。俺はだから、海のものは食べなくなった。魚捌いて、その腹から人の指でも出てきたら、いったいどうするんだって。

お隣のおじさんね、久しぶりで自分の舟で海へ出たんだって。そしていつものように網を投げたら、ご遺体が三つかかったんだって。すぐに警察に言ってね、あげてもらったんだって。ご遺族にはうんと感謝されたらしいけど、まだ海には出ちゃだめだった、もう懲り懲りだって。

こういう話、震災から半年くらいまでの間にいくつかのまちで聞いたはず。当時、ツイッターに書きづらいと感じたことは書かなかったんだと思うけど、書かないと忘れてしまうものだな、と気づく。とはいえ、何かの拍子にふっと思い出す。のだけどやっぱりあいまいさが強いようです。

十一月十六日

震災に関して何を伝えたいのか？ という問いの前に、なぜ伝えるのか？という問いが必要なのかなと思う。伝えることは大切である、ということが前提になりすぎて問われもしないけど、そのモチベーションは個人の立場によってかなり違って、その違い自体がとても大切なんだと思う。

私的にざっくり分類してみると、この辺りが大きいと感じる。「防災」（出来事の検証をし、防災・減災に繋げる）「弔い」（死者の存在を証明する）「よりそい」（同時代を生きる他者の悲しみやしんどさへの理解を促す）「コミュニティづくり」（災禍によって現れた価値観や気づきを共有し、これからを考える）。

これらの要素のいくつかが混ざり合いながら、それぞれが〝伝える〟を実践していく訳で、そのどれもが必要なんだと思う。表現者、メディア的に動く人たちは、いまの自分あるいは社会に足りない要素はどれかと考えて動くのも大事なのかなと感じている。

そろそろ意識的にやっていかないと伝わらないよ、受け手に届かないよ、足りない要素が決定的に間に合わなくなるよ、ということがありそうな気がしてる。これは震災を〝伝える〟ことを職業としてやっている人たち（私含む）

への気持ち。

——

震災があったとき、ファンの人たちからたくさんの助けてメッセージが来てて、できることがなくてすごく苦しかったっていうインフルエンサーの人の話を聞き、普段から「みんな」って呼びかけてる人は本当に頼りにされてるんだな、そして大変な立場にいるなと思った。

コロナの緊急事態宣言中は、芸能人たちもインスタで生配信したりストーリーたくさんあげたりしてファンと交流してたけど、日常モードになると続けられない。インフルエンサーはみんなの〝友だち〟として、いつもみんなを気にかけてる（感じがする）のがポイントなんだろな。

十一月二十一日

GOTOキャンペーンのおかげですこし持ち直したってお土産中心の水産加工品屋さん、居酒屋さん、ホテルの人……など、震災から復活したお店の人たちに聞いてきたので、彼らの状況がまた心配になる。

十一月二十二日

震災当時から新聞の切り抜きを続けてる東京の子と、高校の合唱部で歌いに行った陸前高田が忘れられないという栃木の子。二人ともいま21歳で、それぞれの方法で震災を伝えたいと考えて動いてる。ずいぶん年下の人たちの気持ちや表現、目標を知ると、人ってすごいなって思うし、ホッとする。

たくさんの人の関心から消えていっても、その傍らで誰かが動きはじめている。小さな糸だけ切らさなければ、出来事はちゃんと伝わっていく。

私もその細い糸の一部に触れた者として、彼らにちゃんと繋げたいと思う。

そしてその糸さえ切らさなければ、それぞれはもっと自由に動いていいんだとも思う。誰もその出来事を背負いすぎないでいい。個人の幸せを追求して、ときに怠けて、それを表に出したっていい。

誰もが気軽に関心を持ってほしいし、語っていいよって、そんなことをちゃんと話すところから。もちろん隣にいる誰かが持つ背景への想像力は忘れずに。

十一月二十五日

震災から時間が経って、でもおそらく震災の強い影響によって亡くなっていった人たちのことがやっと語られるようになってきた気がします。

十一月三十日

物語を書くときは、人間のことだけではなくて、動物たちや森や海のこともちゃんと書きたい。

震災の夜にとてもうつくしかったという星空って、あのときいったいどんな気持ちだったのだろう？　星空側の話も聞きたいものだなと、わりと本気で思います。

人間のことだけ考えていると、〝普通に幸せなこと〟に辿り着けない気もするなあ。

震災から10年。復興工事などによって人の暮らしがだいぶ落ち着いてきて、しかしそれゆえに棲家を追われた動物たちはいったいどのように暮らしているのだろう、と思うようになった。削ってしまった山は、汚してしまった海は、傷だらけのままじゃないかな、と、いまになって。

近頃、震災当時〝子どもだった人たち〟に話を聞くようになって、彼らの声を聞いてこない10年だったと気づかされる。私を含む大人の多くは、彼らに無邪気さや希望を求め、それによって自分たちこそが救われようとしていたのではないかと。

それって、マイノリティの立場にある人や、そのコミュニティを聖域化して、声を上げさせない構造とどこか似ていないかなと。

広く言えば〝被災地〟や〝被災者〟自体も同じ構造に入れ込まれていたと思う。うつくしくあってほしい、立ち上がる姿が見たいという期待が、彼の地や彼らの語りを抑圧していた側面があっただろう。

声の抑圧の構造は幾重にもなっていて、〝被災地〟のなかにも〝子ども〟のなかにもあると思うけれど。しかしこのことのスケールをずっと引いて引いてみたときに、あれ、私たちは動物や山や海の声を聞いてこなかったのではと思い至ったりするのです。

十二月一日

関西の大学に通う学生さんが、震災のことを考える場を作りたいと言って私を呼んでくれた。彼女は栃木の出身で、小学5年のときに地震を体験し、高校の部活動で陸前高田にボランティアに行ったりと、震災について話す・考える機会を身近に持ってきたという。しかし、関西に来たらちょっと違ったと。友人らに尋ねてみても、東日本大震災にはほとんどピンとこず、どちらかと言えば阪神淡路大震災の方がピンとくる。と言ってもみんな生まれる前の出来事なので、ある程度の距離はあるから、〝震災〟について一緒に話したり考えたりするのはなかなか難しい。

主催の彼女の話を聞きながら、でもそのリアリティ自体が、たとえば〝継承〟や〝対話〟を考えるヒントになると思った。彼女自身も、みんなの話が聞きたいので、〝私たち〟の10年を一緒に考える場にしたい、と提案してくれた。震災があって、コロナ禍にある〝変〟な日常を普通に生きてる〝私たち〟。

そして実際に3日間、年表や哲学カフェやライティングやワークシートなどいろんな手法で学生さんたちの話を聞いてみてわかったのは、そもそもこの10年間、彼らは自分自身が成長することに忙しかったのだということ。

小学生の頃って学校の通学路だけが世界じゃないですか。中学になって隣町の存在を知って、高校で電車に乗って、大学生でやっと他の土地の人に出会って話すようになる。そうしてすこしずつ世界が拡張されて、やっと震災に出会ったんだなって感じがします。

その率直な言葉がちゃんと言い合えるコミュニティは尊い。そして、〝震災にやっと出会った〟彼らがいま、〝わかっていない自分たち〟を引き受けながら、それでも関わってみたいと思って、震災に関わる私のテキストを使った展覧会を作ってくれている。

彼らの目的は〝私たち〟の10年を観客（おもに学内の生徒）とともに考える場をつくること。そのときに震災のこともちゃんと入れ込みたい。コロナ禍のいまのことも話し合いたい。その間のことも置いていかない。展覧会の最初には、彼ら自身の立ち位置と、みんなの声が聞きたいという意志の表明が書かれている。

私は彼らの展示プランを聞きながら、ああいいなあと思った。〝わかっていない〟ことを引き受けて、それでも誰かに伝えたいし、その人の話も聞きたいって、〝継承〟の担い手として、離れた者同士を繋ぐ媒介として、とてもいい状態なのではと思う。

震災から10年。発災直後に現場に走った私が直接伝えるのではなくて、距離が遠い（けど関心がある）と感じている彼らだからこそ、開ける場が、出会える人が、聞ける話がちゃんとある。

語りを、記憶を繋いでいくって、一方でこういう小さくて細い営みの連鎖のことなんだよなあと思う。これからは、こういう場をつくる人たちを手伝っていくことが大事だ。

十二月一日

陸前高田へ。やっぱりお客さんたちも、1月過ぎると3月にかけてグッと落ちていくっていうかね。心ここにあらずというかね、話してでもあっちこっち。でもそれも注意しないで、私はただ聞いてるのね。私自身も落ちてるんだけど、でもそれはあんまり出さないようにしてるの。仮設の喫茶店で店主がつぶやく。

ここは仮設店舗でしょう、だからお客さんに、あの日のこと聞かれることも多いのね。津波はどうだった、避難所はどうだったって、聞かれるまま話してしまうと、私、あの日まで引き戻されてしまうでしょう。そうすると、せっかく今日まで積み上げてきた時間の分、ここまで戻ってくるのが大変なのね。

遠くから来たお客さんにすれば、せっかく訪ねたんだから、話聞きたいだろうしね。それで、聞けてよかったって思ってくれるならいいのかもしれないけどね。それに、私だって、よそに行ったときには同じようなことをしてしまっているかもしれないとも思うんだけどね。

ごめんなさいね、こんなことばっかり。私、ずっとここにいるでしょう。だからね、ぐるぐるぐるって同じところを回ってるばかりで、なかなか震災と距離が置けないみたい。記憶が生のままなんだね、それはこれからもずっと同じかもしれないけれどね。もう充分に年季の入ったカウンター越しに彼女は訥々と話す。

あなたもこのカウンターに一週間座ってみてほしいな。そしたらお客さんの感じがわかると思う。このまちが見えてくると思う。この10年が伝わると思う。

語れないこと、差し障りのあることばかり気にしてたら、自分が考えたいことがわからなくなっちゃった。私の10年、あの日、あの出来事から抜ける時間がなかったの。今度お店建てたら、すこしは変わるといいんだけどな。彼女はやっと、やっとなのよって言いながら、レコード盤を箱に詰めていた。

十二月三日

嵩上げの地面に出来た大船渡のまちを歩く。港の工場の煙、トントンと響く機械音、あの頃と変わらない。震災の翌年、私はこの真下辺りにあった仮設商店街で働いていた。新しいまちには、まっすぐな電信柱が等間隔に、果てしなく並んでいる。あの商店街の名前を記した立派な看板が、ずっと遠くに見える。

当時をともに過ごした懐かしい顔を思い出す。何人も子どもを産んだ人もいるし、すでに亡くなった人もいて、やっぱり時間が経ったのだなあと思う。それでもたった10年だから、まだまだこれで大丈夫、よくやってきたと声をかけたいときもある。まちには明かりが灯ったばかり。これから、これから。

港の音はきっと何十年も前からここにあり、海は風はずっとずっと昔からここにある。嵩上げ地面の新しいまちは、それらに囲まれた場所にひょいと姿を現した。それもまたすべて一体となって、ゆえに風景。当たり前に、死者も生者もともにある。

——

なんだなんだ、風景なんて消える訳がない。途切れる訳がない。やはりそうでなければ、ここに住む気がしないじゃないか。

——

陸前高田。広大な嵩上げ地には建物がポツリポツリ。着々と増えているとも言えるし、ずっとこのままなのかなと不安にも思う。それでも人の手が入りはじめた場所は、風景として定着してきている。その基本にやはり、土を耕し植物を植えることがあるのだ、と思える。おじちゃんの小さな畑が光ってる。

十二月四日

遺族同士でも考え方が違う、やり方が違う、積み重ねてきた時間の過ごし方が違う、弔いを形にし、まちに落とし込んでゆくことの難しさを突きつけられる10年目。

土を盛ってゼロから造ったこのまちを、いつかここに暮らす人たちがきっと、淀みなく、腑に落ちながら、ふるさとと呼ぶようになる、その未来を想像しながら。一人ひとりが日々を、それぞれの生をまっとうする。ここで、手触りのある暮らしを紡いでいく。

互いの抱える痛みを媒介にして繋がれる、というフェーズから、だんだん移行しはじめているのかもしれない。

被災地域の歩みを見つめていると、戦後復興の過程にあったであろう細かな出来事や感情の揺れを想像したりしてしまう。

十二月五日

前の津波の慰霊碑も大事にできない人たちが、新しく建てる慰霊碑をちゃんと大事にし続けられるのかって思うのね。海のまちで聞いたそんな言葉が胸に残る。

個人の生きた証を残したいって気持ちは、私も痛いほどわかるの。でも、碑を建てるって、個人のことじゃないんじゃないかと思うの。ここで亡くなった人たちを弔いながら、もう忘れないように、二度とこんな被害が出ないように、将来ここで生きる人たちに伝えるために建てるんじゃないのって。

だからね。私たちも過去に石碑を建てた人たちの気持ちを考えなきゃいけなかった。そして大事にしなくちゃいけなかった。でも、できていなかったものがほとんどだよね。いまだって、放って置いたままだもんね。なんかね、それが引っかかるのね。

十二月十日

喪失の体験は思いのほか場所と結びついているのではないかな。だから誰かを亡くしたとして、でもたとえばその場所に暮らしながら、その現場が変化していくのを体感的に理解していくと、その傷はすこしずつ身体に馴染んでいく。痛みが和らいだり、痛みを忘れている時間が長くなったりする気がして。

そうやって、理不尽な喪失に納得していくのではないかな。暮らしはそれだけ強くて尊い。生きている人は生きている限り、すこしずつ前に進む。

しかしかえって物理的に遠い場所にいる人ほど、喪失の体験は生々しいまま、それだけが独立して残り続けてしまう気がして。忘れている時間は増えたとしても、その場所に立ち返ったときにひどく痛いまま。

ということを共通の知人を亡くした友人と話していて感じた。友人はその後引っ越したので、ときおり思い出したり東北を訪れたりするとひどく痛むと。私はといえば近い場所に住み続けていて、まちや人が変わっていくのを見ているし、日常的に話題にもするからか、だいぶ軽くなってきている気がする。

死者が死者として、でも一緒にいる感じ、というのが、場とコミュニティの中で共有できている感覚があるからかな。死者と私が一対一で関係を結んでいる限り、両者（生者の感覚しか表に出てこないけれど、さて死者から見たらどうなのか）にとって、とても不自由というか。

死んだ人は、たとえば人と人の間にいる。あるいは、とある風景のなかにいる。個々人の胸の中に収めるには、人ひとりは大きくて複雑すぎる。死んだ人の存在、記憶はきっと、人間の外側に結びつけておくのがいい。

これって多分、継承の問題にも関わっている。ひとりで抱えきれないからこそ、だれかと分かち持つ。あるいは風景に埋め込んでゆく。その結果、死者の存在が未来へと伝わっていく。

十二月十一日

死んだ人は、誰かと誰かの間にいる。人と風景の間に見出される。文字、写真、映像、絵画、石碑……記録物を読み込むときにふと現れる。もしかすると、歴史、記憶、継承は、生きている人間の外側にあるべきものなのかもしれない。

十二月十二日

東日本大震災から10年。やっと宅地整備の目処が見えてきたり、ふるさとを離れ永く住む土地を選んだりするところ。続いた豪雨災害や台風によって、いまだ仮設暮らしの人もいる。いま同時に、コロナの影響で仕事を失ったり心身を病んだりしている人がたくさんいる。

そして長く続く差別に苦しむ人、外に出られない人、いろんな、いろんな痛苦や困難を抱える人たちがいる。これからもっとひどい経済難が訪れるし、もしかしたら災害も起きるかも知れない。日々悪化するこの状況に、私は何をしたらいいんだろうと考えてみるけどなかなか難しい。

こころを閉じてしまわないこと、話を聞くこと、起きていることに目をそむけないこと、書き留めること。お金も知識もないけど、このくらいのことはできる。

十二月十七日

風景たちの話が聞きたくて、絵に描いている、という感覚がある。

十二月十八日

たとえば震災復興を考えるとき、人間の話だけを聞いているのでは、足りないような気がしてる。人間以外の話を聞く術を、もっと持つべきなんだろう。そんな感覚がやっと言葉になる震災10年目。

壊してしまった風景、つまり森や砂浜や動物たちの居場所は、なかなか元には戻らない。まずはせめて、壊してしまった、奪ってしまったという認識を持ちたい。壊れた風景の中で生きるのは、人間にとっても苦しいこと。うつくしい風景はきっと、人間も、人間以外の存在も暮らしやすい環境にこそ見出される。

陸前高田に大量の白鳥が飛来している写真を見かけて、復興工事の間はずっと居場所があちこちになってしまっていたから、白鳥もやっと落ち着けるんだろうかな、とか思う。白鳥おかえり。

改めて居心地はどうですか？　とか話を聞いてみたい。

そしてまちの人と白鳥は、死んだ人と白鳥は、とか、工事している人は白鳥は、とか、鹿と白鳥は、とか、山や海と白鳥は……どんな会話をするんだろう？　とか考えてしまう。

民話に触れるようになってから、すごく自由になったな。

十二月二十六日

どちらが死者か生者かわからなくなっているような絵や文が出来たときに、ああいいなって思う。

十二月二十七日

震災から3年目くらいのとき、陸前高田の町跡で花を育てていたおばちゃんが、ずっとあの人のことを労いたいと思ってたのと言って、消防団の人宛の花束を作ってくれたことがあった。避難所にいたときはお礼も言えなかったと申し訳なさそうだったけど、時間が経ってからでも気持ちが伝わるって大切だと思った。

だからいまとても大変な仕事をしている人たち、難しい境遇に置かれている人たちのことをせめてちゃんと覚えていたい。そしていつか労いたいな。

—

土地は生きている人間だけのものではない。というところを考えることでしか、落としどころが見つからないような気がする。

人間が放棄した土地に植物が繁茂して、獣たちや虫たちが暮らす。人間からすればそれは一見切ない風景だけれど、彼らにとっては生きやすい場所であったりするかもしれない。見栄えのよくない風景にこそ、ともに生きるためのヒントがある気がして。

整っていない場所にこそ、多様性が担保されるのと同じイメージで。

すでに死んだもの、語れないものたちの居場所を、この世界にどのように確保してゆくのかという問い。

それはうまく語れない自分を包摂するということでもある。

自分がいままで〝うつくしい〟とか〝きれいな〟風景として捉えてきたものたちは、いかに人間の、しかも近代的な価値観の中で選んできたものだったのだろう。

二〇二一年一月十日

他者の語りをどう扱うのか、誰かの大切な場所にどう触れるのか、渡された記憶をどう抱えるのか。ちゃんと悩むこと、惑いながらも語ろうとすることは多分大切で、そうやっているうちに語り手も聞き手も歳をとり、いつの間にかそれらが物語になっているのだろう。

一月十一日

陸前高田。山を削って作られた高台にはそれぞれ番号がふられていて、その数字がしばらく住所として使われていた。おばちゃんたちのお茶飲みの席で、いつ名前がつくのかと尋ねてみたら、あら、ここには名前がないの？　高台〇番でいいっちゃ、それで馴染んだものねえとみんな大笑いしていた。

おばちゃんたちはいま暮らしている土地に名前なんかなくとも、着々とコミュニティをつくりあげていた。彼女らの親交が深まったのは震災後だというから、この10年で、更にいえば高台に越してきてからは3年余りで、日々の暮らしが安定するほどの関係性を築いているように見える。

一方別の高台では、わりとはやい段階で町内会的な集まりをし、その中心人物たちでその高台に名前をつけたと聞いた。名付けることでコミュニティの輪郭をつくっていく。それもひとつ大切な手法。

おばちゃんたちが名前をつけるような役職にいない、そういった機会が与えられづらいということ。まちの〝代表〟を担う少数の人たちが名前を決めていくということ。そういった構図がこっそり気になった。

話は逸れるけれど、高台の集落に名前をつけ、そこの一員として生きるということは、かつて所属していた集落(被災によってもう住めない場合も多い)から抜ける/その集落を解体するという意味も含まれたりもする。だから次の土地について話し合うことは、とても繊細な問題として捉えられていたと思う。

一月十八日

阪神淡路大震災の追悼式、コロナ禍だけれど、多くの人が集って静かに手を合わせていた。鎮魂のためにこの場所を訪れ、思いを同じくする人たちと隣りあい、祈る。こういうことが、人間にとって、根源的に必要なことなんだと思える。

追悼式が中止になったり、感染症拡大防止のためにお葬式ができなかったり、看取りの瞬間に立ち会えなかったり。こういう状態が続くと、人は人でなくなってしまうように思える。死者と繋がってこそ、人の生は地に着くのだから。

こういう感覚が大切であるということが、政治的にはならない形で認められ、スピリチュアルな話に寄りすぎずに、普通の生活実感として言語化されて、実践的に落とし込まれるにはどうしたらいいのだろう。

悼まれることもなかった死を目撃し続けた先で、自分が生きる意味など見いだせるだろうか。

一月二十日

阪神淡路大震災の年に生まれた人たちの文章を読みながら、この人たちはきっと、東日本大震災の年に生まれた子どもたちの先輩に当たるのだろうなあと想像する。いつか両者が出会うような場がつくりたい。その語らいは、いったいどんなものになるだろう。

たとえば異なる場所、年代に起きた災禍Aと災禍Bがあるとき、それぞれの当事者性のグラデーションの分布図を重ね合わせてみて、同じような場所にいる人たち同士でのみ分かち合える感覚というものがあると思う。これは案外、災禍の種類が全く違ったとしても通用することのようにも思う。

反対に、一見同じように災禍Aに遭った人たち同士でも、当事者性における立ち位置が異なれば、語れないことも多かったりするだろう。同じ分布図上の〝差異〟の間には、分厚い境界線が立ちはだかってしまい、おそらく容易には行き来しにくいものだから。

東日本震災のときに高校生くらいだった人たちがすでに記者になって震災取材の現場で活躍しているのを見ながら、彼らの動きには阪神淡路大震災からの流れがあったりもするのかなと感じることもある。阪神の震災の年に生まれた人たちもまた、〝震災後の希望〟を背負ってきた人たちなのだろう。

もしかしたらタモリさんや吉永小百合さんが1945年生まれで、終戦の年の生まれだと繰り返し語るのにも似たような感覚があるのかな。

誰しもの心身に労りが、手当が必要だ。労わることって、コミュニケーションの最も原初的な動機のひとつのように思う。

一月二十一日

喪失の記憶を語ろうとするときの言い淀み、ためらい、つまずき。聞き手にとってはそれ自体が、その身体の有り様が濃密な語りだ。

いまはなきもの、姿のないものが、その淀みの狭間にそっと存在する。

一月二十五日

友だちの子どもと一緒にスケッチへ。広い嵩上げ地の上で描いたのは、彼の父母が暮らした地域の森と、復興工事で埋められた巨石にまつわる石碑。この地面の下にお父さんとお母さんの育ったまちがあるんだよ、と言うと、ふうん、とつぶやく。彼は森の中の木を一本一本を丁寧に追おうと、小さな手を動かす。

私が遅れると、おうい、待ってるよー！と彼が叫ぶ。広く建物の少ない嵩上げ地では、遠く離れていてもお互いの姿が見える。子どもたちの高い声が、空間中にこだまする。夕方、すぐ近くの気仙川からは、白鳥の会話が響いてくる。空が近くて広い。この場所ならではのうつくしさ、たのしさの手触り。

彼の描いたスケッチを見せると、いいなあ！と父親は驚き顔になり、額を買いに行こうと彼の頭を撫でる。昨日母さんが誕生日だったからお祝いもしよう、と言うことで、みんなで近所のスーパーへ。車は暗闇の嵩上げ地を走る。お前が生まれたときには、津波の後で草っ原だったんだぞ。覚えてないだろうがなあ。

嵩上げ地にポツンと建つ新居に、ただいまが響く。即席の誕生日会。主役はお母さん、出席者はお父さん、おじいちゃん、6歳の男の子と1歳の女の子、そして震災後に現れた来訪者数名。テレビには、長くこのまちを支援してい る金沢の団体が写っている。先生も老けたなあ、10年だもんなあ、と居間が笑う。

テレビに嵩上げ前の風景が流れる。ほら、お前が描いていた石碑、元はこの大きな石の上にあったんだぞ、と父親が言って、さっそく額に入れたスケッチを指さす。息子は、ふうんと首を捻り、母親は本当に懐かしいねえと言って、1歳になる娘の頭を撫でる。娘は、スパゲティを口から垂らしながら、高い声で笑ってる。

昔のこと思い出すと、ここにいること自体が幻みたいに思えるときもあるけど、それだとこの子たちはいないんですよね。私、津波ですっかり別人に変わった。昔は家族が出来るなんて思ってもなかった。でも、ともかく、子どものいる暮らしは幸せだなって思います、と母親が言い、まずな、と父親が頷く。

じいちゃんの子どもの頃、この辺りは田んぼだらけで真っ暗だった。父さん母さんが子どもの頃、この辺りは住宅街に変わっていった。津波が来て、復興工事。息子と娘にとっては、この嵩上げの新しい地面が原風景になるのだろう。ここからまた、まちは変わっていく。

——

大切な人を喪う、その喪失の悲しみすらも、大切なもの。

一番大事な人を失くしても、私は普通に、淡々と暮らしている。それはきっとこれからもおんなじなの。10年目は通過点だからね。おばちゃんはニコリと笑って言った。

——

高台の新居、今日もとてもうつくしかった。子どもたちの声が響くなかで、かつてのまちの写真を見せてもらう。あなたたちの家族の大切な記憶だよ、と思う。

新しいまちで生まれた子どもたちが、あと10年もすれば自分の言葉で語りはじめる。その頃に彼らとおしゃべりするのがとても楽しみ。彼らからすれば、すごく謎のおばちゃんだろうなあ。しかし私の存在を説明すること自体にも、なんらか意味がある気もするな。

一月二十六日

気仙川には白鳥の群れ。今年はSNSに白鳥の写真をあげる人が多かったけど、飛来した白鳥が多かったのか、それとも生活が落ち着いて白鳥を見る気持ちになった人が多かったのか。

支援者的な立場の人ほど、意識的に〝10年〟をひとつの指標として捉えた方がいいと感じるこの頃。着実に進んでいる人たちを肯定し、まだ動けない人たちの存在に改めて目を配る。支援者自身で〝10年〟という時間を反芻して、〝被災〟という出来事だけに依存しない、自分なりの生き方を見つけ直す。

——

震災から10年。私としては、被災から生活を立て直したり、喪失に向き合ったりしてきた人たちを労いたい気持ちです。ほんとうに一歩一歩、おつかれさまでした。この10年を生き抜いてきたこと、これはとてもすごいことです、と。

震災に遭いながらも生き残った人たち、その労苦はほんとうに大変なものだったと思う。大切な人がいない、ふるさとが壊れた、財産も仕事も失った。そのなかで、生き抜いてきた。声をかけあい、新しいまちをつくり、弔いの作法を編み出し、ここまで進んだ。その歩みは、大切に扱われてほしいと思う。

生きている人たちのこれまでを労いあう。いま苦しんでいる人たちには声をかける。これから生まれてくる人たちのことを想像する。震災で亡くなった人たち、その後の時間に苦しみ逝った人たち、そしてずっと前に生きていた人たち、その存在とともに、これからも淡々と生きていく。

被災地域の支援をしてきた人たちに対しても労いの気持ち。大変な境遇にある他者に気持ちを寄せて、その場を訪れたり、自分の暮らし自体を変えたり、それぞれの立ち位置を探りながら活動してきた。10年続けてきた人たちのなかには、そのまちがふるさとのようになった人も、家族をつくった人もいる。

〝10年〟という外的な区切りを嫌厭する風潮も感情もあるけれど、私としては、これを労いのために使うこともできると感じている。日常的になりすぎている再建への日々の歩みを、改めてふりかえったり、肯定したりする時間を持つことが、誰にだってあってもいいのだと思う。

二月一日

かつての市街地に実家があったおばちゃんと歩く。新しいまちが好きじゃないから、買い物あるときにしか来ないんだけどね。そう話していたおばちゃんが、ふと空を見上げる。あれえ、嵩上げで空がこんなに近くなったのね。知らなかったあ、きれいねえ、よかったねえ。私、この空が好き。

嵩上げ地の淵が近づくと、おばちゃんは、ああ、ここからうちの実家が見えるんだ、と言って、空中のあちこちを指差しながら、米沢さんのこっちに道があって、線路がこの方向なら、あっちが実家で、あっちがあの子の家、と説明してくれる。均されて平らな地面に、かつてのまちをどんどん置き直していく。

川沿いを下りて新しい橋を渡り、線路跡に近い道を見つけて進むと、整備された農地に白鳥の群れ。そこ、そこが私の家よ。10年目でやっと来れた。たぶんここ、ここだったと思う。ああ、懐かしいというか、なんだか、不思議ねえ。

白鳥が飛び立つのを見たので、さあ帰ろうと言って踵を返す。そのあと、高台に移設された新しいご実家に寄って、山の中の嫁ぎ先へと連れて行ってもらった。ここが私のいまの家よ。ここで普通に暮らしています。これからもきっとね。

〝二重になる〟ということ

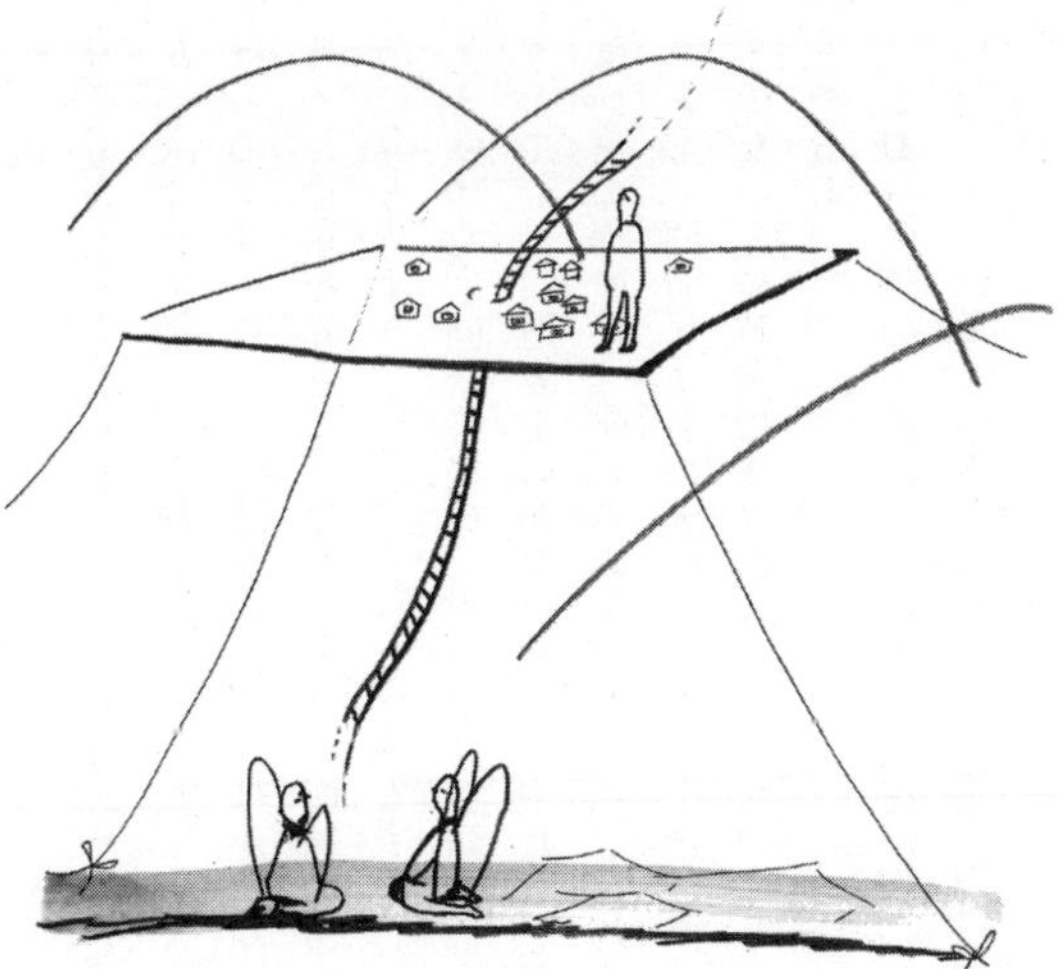

二重のまち。

『二重のまち』と一緒に歩きはじめて、もう5年になる。

この物語は、復興工事に伴う嵩上げが盛んであった2015年の陸前高田で、かつての町跡が失われていく過程を眺めながら、いつかこれが見えなくなっても、かつてのまちやその営みを想像するための細い糸が欲しいと思って書いたものだ。

当時、まちの人たちは日常の会話やSNS上で、「この道が閉鎖されて入れなくなった」「自宅跡が埋まってしまった」など、工事の進捗に対して動揺する互いのこころのうちを打ち明け合っていた。あるおじちゃんは、その頃の一連の出来事を〝第二の喪失〟と呼び、「津波であんなに失ったのに、まだ失うものがあったのかと驚いた」と語った。大津波の後、被災物が片付けられて巨大な草はらのようになった町跡で、人びとはかろうじて残った道筋を頼りにしながら各々の所縁《ゆかり》のある場所に立ち止まり、亡くなった人に花を手向けたり、生き残った者同士で集い、思い出話を語り合ったりしていた。遮るものがないためにやたらと風の強いその場所は、悲しみの色が濃く感じられたけれども、同時にまちの人びとにとっては、かけがえのない人や時間にまつわる記憶たちのよりどころでもあった。

とある山際の一角には、巨大な花畑が広がっていた。そこは多くの人が亡くなった集落の跡地で、個別に花を手向けに来ていた数人がやがて集うようになり、「それならこの土地全部を弔おう」と話し合って、土を運び入れ、花の種を植えはじめる。すると、通りすがりの地元住民や、遠方から訪ねてくるボランティアや旅人たちも手伝うようになり、どんどん規模が大きくなった。多くの人たちが手をかけた弔いの花畑は、荒野のような町跡を鮮やかに彩っていた。中心になって活動していたおばちゃんが、「亡くなった人も、生き残った人も、通りすがりの人も、いまはここにいない人も、みんな一緒に居られる場所にしたい」と言いながら、朗らかな顔で花の手入れをしている。被災の前には思いもしなかった出会いを含めて、彼女の人生が、このまちのコミュニティが、一歩ずつ進みはじめているのを感じて私は驚いた。

被災の後、誰を亡くしたか、何を失ったか、どこに居たか……と言った被災の詳細によって、個々の当事者性の強弱が強制的に振り分けられてしまったところがある。さらに、被災したまちでは、その境界がより繊細に扱われるため、誰もが〝語りづらさ〟を抱えていたと思う。当時の私は陸前高田で暮らしていたが、震災がなければ現れることのなかったよその人間であることに変わりはなく、「ここに居てよいのだろうか」と日々足元は揺れていた。けれど、この花畑には、「花がきれいですね」という一言さえ持ち寄りさえすれば、誰でもが同じように居てよいのだと思えて、それがうれしくてよく通っていた。だから、おばちゃんが言う〝みんな〟の中に、さまざまな立場にある人びとが、ちゃんと含まれていることがわかって、なおさらホッとしたのだ。

しかし、こうして町跡へ着々と積み上げられていた新たな痕跡たちも、復興工事によって壊されていくことになる。誰もが、「復興の邪魔になるのは本意ではない」「こうなることはわかっていた」と語りながら、その喪失には大きな苦しさを感じていたと思う。

それで、冒頭に述べたように、私は『二重のまち』を書きはじめることになる。いつか新しいまちが出来たとき、そこにいる人たちがきっと、かつてのまちの存在を感じながら暮らしていると想像することで、目の前の喪失がすこしはやわらぐのではないかと考えたのだ。〝第二の喪失〟は、この土地を知りたくて町跡を歩いていた私にとってもさみしいことだった。これからもこのまちを見続けるために、何か杖になるような物語が欲しいと思った。

この〝物語が杖になる〟という発想についてすこし補足する。背景には民話との出会いがあった。私は2015年の春から、宮城県を中心として民話の採訪を行なう「みやぎ民話の会」の活動に同席する機会に恵まれていた。民話の多くはとても不思議な話であるけれど、民話の語り手の多くは、それを〝あったること（＝本当にあったこと）〟として語るのだという。たとえばお地蔵さんが訪ねてきたとか、サルのお嫁に行ったという話であっても、語り手が語る話は〝あったること〟であり、それを聞き手も了承している。

もはや神秘的でさえあるこのやりとりについての、私の推察はこういうものだ。ずっと昔、語らずにはおれない体験をした人が、それを誰かに語った。聞いた人は、これは大事な話を聞いてしまったと思い、誰かに伝えねばと語ってみる。それを聞いた人が誰かに語り、またその人が誰かに語り……という風に連鎖していくのだけれど、この間、語りにはさまざまな変化が生じる。語り手が、相対する聞き手の様子を見ながら、何とか伝わるようにと例えを入れたり、自分の体験をエピソードとして盛り込んだり、個人的な解釈を提案したりすることもあるかもしれない。もとは、あるひとりの体験だったものが、そのなかに価値を見出したり、共感したりする人たちの間で手渡されていくうちに、細部が剥がされ、ユーモアをまといながら、語りたい、聞きたいと乞われ続ける形を得ていく。無数の人びとの協働によって物語は成長し、時と空間を軽やかに越えて、現在へと伝えられる。〝話〟というものはなんて強かでたくましいのだろう。これが、〝継承〟のひとつの答えなのだと思った。

民話の語り継ぎのすごいところは、その語りの変化を大らかに受け入れていくことで、その営みの一端を担った一人ひとりが、その話を自分自身の物語にもできるという点である。現実の世界はどうしたって、納得できなかったり不条理であったりもするけれど、一枚めくってみれば不思議な世界があるかもしれない。しかもそれが、私自身にとっても〝あったること〟なのであれば、ずいぶん心強い。そうやって、先人たちも物語の世界で遊ぶことで、現実を生き抜いてきたのではないか。「みやぎ民話の会」の小野和子さんが、「大きな出来事のあとには、物語の芽が出てくるはずだ」と話されていたのも印象に残っていた。東日本大震災の後を生き抜く誰しもに、物語が必要なのかもしれない。

自分自身にも〝杖〟が欲しいという想いと、災禍のあとに物語の種が生まれてくるはずならば、下手でもなんでもひとつ作ってみようかという発想で生まれたのが『二重のまち』だった。これ自体は架空の世界の物語ではあるけれど、登場人物たちは、私が陸前高田で出会ってきた人びとがモデルになっており、復興工事のはざまで彼らが語ったことが大切なものであることには変わりがない。だから、〝継承〟という巨大な営みの片隅で、それらがちゃんと生き残ってほしい。

私は出来た物語を眺めながら、ではこれをどのような形で使ってもらうのがいいだろうと考えてみると、声に出されてこそ、話が生きてくるのではという気がした。拙く些細な話だけれど、誰かの身体を通してもらうことで、もうすこししっかり立ち上がってくれるかもしれない。とても贅沢だしなんだか申し訳なくもあるけれど、そのための場もつくってみたいと考えた。

それで私は、『二重のまち』を携えてあちこちに出かけはじめる。訪ねた場所で小さな朗読会を開き、ともにひとつの物語を声に出していると、その人自身やそのまちの記憶が語られはじめる。神戸、新潟、仙台……。遠くない過去に被災を経験したまちでは、やはりそのときの体験と、被災前の暮らしが語られた。いまとなればまちは淡々と日常を営んでいるけれど、かつての記憶を持つ人びとは、現在の風景の中で暮らしながらも、ふとした瞬間に過去のことを想起している。

5年の間にさまざまなまちに出かけたけれど、広島と大阪は特に印象に残っている。

まずは広島のことを。このまちで『二重のまち』という言葉を口にすると、「それは広島の物語ですよね?」と尋ねられることが多い。これは地元の人でもそうでなくても同じで、原爆によって一度更地になったという広島の歴史を、この土地に立つ人たちはどのようにであれ、強く意識しているのだと気づかされる。

色々なきっかけが重なって、初めて広島を訪れたのは2016年の冬だった。このまちのことをせめて知りたいと思うけれど、どうすればいいかわからなかったので、私は平和記念公園の中にある資料館で毎日開かれている被爆体験伝承講話にせっせと通った。するとある日、私が部屋から出てくるのを待ち構えている人がいた。個人的にボランティアガイドをしているというおじいさんで、聞けば、彼の家は被ばくの前までこの公園の真ん中ら辺にあったのだという。当時彼は幼い子どもで、細かい経緯はわからないけれど、ともかく彼を負ぶっていた母親ともども生き残り、その後焼け跡で遊びながら育ったのだという。おじいさんは、「わしが見て欲しいものはひとつなんよ」と言って、私を追悼平和祈念館の地下まで連れていった。そして、「これじゃ」と指さしたのは、背の高い地層の標本だった。「平和公園はきれいでええですねえなんて言われるけどな、ここにはまちがあったんよ」。おじいさんが「わかるか？」という風にこちらを見てくるので、私は目の前の標本をじっと見てみるしかない。「この公園はな、1メートルくらい嵩上げしてあるんよ。ほら、この上までは後から被せた土で、こっちがもとの地面。だから、この間に挟まっているのは焼かれた日用品じゃ。みんなそのまま埋めてしまったんじゃねえ」。彼は愛おしそうにその部分を指でなぞりながら、「何にもなかったと思われるのが一番悲しい」とつぶやいた。ここにはまちがあって暮らしがあって、色も音もあって、しかもそれは辛い記憶だけではなかったのだから。

　公園を一緒に歩いていると、おじいさんは辺りをくるくると指さしながら思い出話をしてくれた。「昔は川の底に被ばく瓦がいっぱい落ちててな、それを潜って拾うて来るのが度胸試しじゃったんよ」「これがわしの友だちの木。同級生と喧嘩したり先生に怒られたりすると、いつも慰めてくれた」「子どもの頃は、原爆のことで母親が泣いているのを見るのが嫌でたまらんかったのう」。

　そうしているうちにずいぶん長い時間が経って、夕方のチャイムでおじいさんと別れることになった。おじいさんは、すこし話しすぎたかなあとはにかみながら、「もう70年も経ったけど、まだ70年しか経ってないとも言えるんよねえ。だから、すこし掘ればすぐに出てきてしまうんよ」と言って、「また来てな」と手を振り、私がバスに乗るのを見送ってくれた。バスの中でおじいさんの語りを反芻していると、さっき見ていたものが、陸前高田のことや『二重のまち』の物語と混ざり合っていくように感じられた。あれ以来おじいさんには会えていない。けれど、私はいまも陸前高田を歩きながら、おじいさんを思い出し、彼なら『二重のまち』をどんな風に受け取っただろうと、ときどき考える。旅先での出会いを通して、ひとつの物語から、いくつもの土地や人のことを想像できるようになる。思いがけず身が軽くなっていくのを感じている。

　続いては、2016年の大阪で、ダンサーの砂《じゃ》連《れ》尾理《おおさむ》さんの舞台作品のチームに入らないかと誘っていただいたときのこと。『猿とモルターレ』というその作品は、砂連尾さんが避難所生活を送る人たちに話を聞いた経験から創作をしたもので、巡回先の各地で再制作を続けている。私が参加したのは大阪、茨木市での公演だった。その舞台に、地元にある追手門学院高校の演劇部も参加していて、数カ月の間、彼らと砂連尾さんがワークショップを重ねる傍らに居させてもらった。そのうちに、砂連尾さんの不思議な手によって、『二重のまち』がこの公演に組み込まれていくことになる。演劇部のみんなは、夏のパートを身体表現にすることになった。私は知らなかったのだけれど、彼らは、震災時に福島県いわき市の学校で教えていた、いしいみちこ先生も交えて何度も話し合いながら、震災や陸前高田のことを調べ、文中の言葉一つひとつのイメージを共有しようと試みていたのだという。体験していないことを、当事者ではない（と強く思っている）自分がどうやって発話するのか、表現をするのか。その葛藤に正面からぶつかりながらも、「でも触れたい」というまっすぐな意思を持って舞台の上に立ち、手を伸ばすその姿からは、伝わってくるものが本当にたくさんあった。彼らがテキストから想起したものは、陸前高田の当時の風景と同じではないだろう。でも、彼らの身体は、声は、言葉は、それよりももっと遠くに繋がっていく物語をそれぞれに現していた。物語が決してでたらめではないのは、手を伸ばそうとする方角が、その強さが、できる限りにおいて精確であろうとしていたからだと思う。舞台の上、観客の前に立つことは、民話の語り継ぎの現場にある、あの対面の緊張感にも似ているのかもしれない。語り手を、聞き手が見ている。そして、この話の体験者、つまり最初の語り手が私たちを気にかけ続けている、という緊張感。

私はこの後、震災の〝当事者ではない（と強く思っている）〟、とくに震災当時子どもだった人たちと一緒に制作を重ねていくことになる。そのひとつとして行なった陸前高田での二週間のワークショップは、小さいながらもとても直接的な震災〝継承〟の現場づくりの試みとなり、その記録を再構成して、『二重のまち／交代地のうたを編む』（小森はるか＋瀬尾夏美）という映画やインスタレーション作品としても発表している。本書に含まれている「交代地のうた」はそのワークショップ内で、参加者から聞いた話を元に書いたものだ。

最後に、舞台を現在の陸前高田に戻す。『二重のまち』を書いてから5年。当時はただ無機質な土の塊が広がっていたけれど、それがきれいに整えられて新しいまちが出来、そこでの暮らしも馴染みつつある。再開したばかりの日常は忙しい。かつての痕跡が目に見えなくなったのも相まって、震災当時の話が会話に出ることはだいぶ減ったと思う。

ときおり、近しい人が『二重のまち』の話をしてくれる。「あの線路跡を辿って堤防を越えた先に、あのまちがあるってどう?」。いまの暮らしがあって、すこし離れた先に大切な場所があり、そのふたつは細い糸でちゃんと繋がっている。「もちろん忘れた訳ではないし、というよりも、いつもあのまちや、あの人たちのことを思うんだけどね。だからむしろ、昔よりも身近になったような気もするんだけどね。でも、10年前のことは、そんなこともあったなあと思うようになった」。

〝二重になる〟ということは、ふたつの世界が同時に存在していて、その両方を抱えて生きるということなのだと知る。それはどうやら苦しいことというよりも、むしろ心強いことのように思えた。

『二重のまち』がこれからどのように使われていくのか、生かされていくのか、手放しつつも見ていきたい。私はいま、2016年の福島での朗読会で、「でも、〝二重〟でいいですよね」という声が上がったことを思い浮かべている。おそらくそこに含まれる問いはこうだった。津波被災地は嵩上げによる復興工事が進んでいき、遠くない未来にその場所へ戻れるだろう。でも、福島は?　このとき私がどう答えたかはよく覚えていないけれど、フィクションを介してもなお乗り越えられない分厚い境界があるのだと突きつけられた体験だった。あれから4年の月日が経つけれど、いまあの場にいた人たちはどんな風に暮らしているのだろう。

未来への道筋を考えることができない状況にある人たちにさえ、この物語が寄り添えるようになるには、もうすこし時間がかかるのかもしれない。こうして書籍にしたけれど、もしかすればまた物語自体が変異していくこともあるかもしれないし、物語と人びとを繋ぐ媒介になる新たな人物が現れるかもしれないし、時間が経てば社会状況も変わっていくはずだ。物語と人が同時代的に交差したり離れていったりする、その営み自体を見つめることで、置いてきぼりになりそうな声や感情の存在に気づかされることもあるだろう。またそれを書き留めていきたい。

そして、これはだいぶ強引ではあるけれど、実は本書を読んでくださった方たちも、この小さな〝継承〟の試みの協働者だと私は思っている。ときおりこの本のことを思い出したり、何か思ったことを言葉にしてみてくださったりしたらうれしい。

「二重のまち」によせて

小野和子

瀬尾夏美さんにはじめて会ったのは、二〇一四年の十二月でした。せんだいメディアテークを会場にして、『記録と想起・イメージの家を歩く』という主題を掲げて、その三年前の東日本大震災から生まれた表現者たちの、それぞれの成果をいくつもの部屋にわけて展示するという、まことにユニークな会場でのことでした。

瀬尾夏美さんと小森はるかさんによって構成された部屋はふたつ続いていて、展示された作品群は『土のした、土のうえ』と題された絵と文と映像からなっていました。被災した陸前高田の町の姿を、波の下と波の上という重なり合いの中でとらえたものが、震災という現実を抱えつつも、切実な抒情性をたたえて表現されていることに心うたれました。

さらに、展示についてのお二人の言葉を聞いて、わたしはまた驚いたのですが、陸前高田の被災者たちの言葉を拾ってそれを綴った後、「書いた文を、語ってもらった人の声で読んでもらっています」と説明されたことでした。聞いた言葉を文章にし、それを語った人にふたたび返して、「その声」でもう一度語ってもらう――この行為にも、わたしは驚いたのでした。

それというのも、わたしは山の村や海辺の町を歩いて、民話を語ってくださる人たちを求めて、五十年余りもの年月を過ごしてきました。手元には、語ってもらった民話の記録が積み重なり、その一部は本にして広く人々の手に渡るように努めてきましたが、それを語った人に返して、その声でもう一度語ってもらうという営みを考えたことがなかったからです。勿論、被災地での聞き書きと、先祖からの伝承である民話とを単純に重ね合わせて考えることはできませんが、もらった言葉を、もう一度それを語った人に返して、その声で語ってもらう――この発想の底にある姿勢が、被災地と他者を結ぶ際の若い二人の「思想」とも呼ぶべきものを現わしていて、わたしはまた心うたれたのでした。

それから三年後の二〇一七年の春に、わたしは手のひらに載る小さな冊子を受け取りました。瀬尾夏美さんからでした。表紙には、次のような題名が記してありました。

『二重のまち　―二〇三一年、どこかで誰かが見るかもしれない風景―』

それは、こんな言葉で始まっていました。

僕の暮らしているまちの下には、
お父さんとお母さんが育ったまちがある
ある日、お父さんが教えてくれた

僕が走ったり跳ねたりしてもびくともしない
この地面の下にまちがあるなんて、
僕は全然気がつかなかった

『二重のまち』の冒頭の文章です（著者注：二〇一七年発行の冊子の表現のまま）。わたしはここを読んで涙が出ました。

震災直後に訪れた浜の町で見た風景が、波のように襲ってきたからです。

かつて、民話を求めて歩いたのどかな海辺の町やムラが、津波ですべて流されて、人影もまばらに荒れ果てていたのです。それを思い出すたびに、わたしは胸が苦しかったのですが、津波に流された町の地面の下に、あるいは時間が経って「復興」の名のもとに出現した新しい町の地面の下に、静かに、しかし厳然として、かつての町が横たわっているのだと語る瀬尾さんの文章に、わたしは灯される明かりを見る思いがしたのでした。

瀬尾さんは、ちょっとしたいたずら描きのようにして、天使の姿をよく描いています。ある時は悲しそうに顔を覆い、またある時は両手を挙げて空を突き、またある時は座り込んでもの想うふうです。頂いた冊子には、大地に伏して、下の町の物音に耳を澄ますかのような天使が描いてありました。

この天使たちが瀬尾さんその人のように見えることがあります。

(民話採訪者)

二〇二一年　正月　仙台にて

図版一覧

初出

二重のまち

「クリテリオム91 瀬尾夏美」（水戸芸術館、茨城、2015年）。その後自費出版の冊子として発行。

交代地のうた

「第12回恵比寿映像祭」（東京都写真美術館、東京、2020年）内で発表されたインスタレーション作品「二重のまち／四つの旅のうた」（小森はるか＋瀬尾夏美）。

歩行録

著者によるツイート（TwitterID: @seonatsumi）。書籍にまとめるにあたり厳選し、元ツイートへの加筆・修正および編集を行なった。

瀬尾夏美（せお・なつみ）

1988年、東京都足立区生まれ。宮城県仙台市在住。土地の人びとの言葉と風景の記録を考えながら、絵や文章をつくっている。2011年、東日本大震災のボランティア活動を契機に、映像作家の小森はるかとの共同制作を開始。2012年から3年間、岩手県陸前高田市で暮らしながら、対話の場づくりや作品制作を行なう。2015年宮城県仙台市で、土地との協働を通した記録活動をする一般社団法人NOOK（のおく）を立ち上げる。現在も陸前高田での作品制作を軸にしながら、〝語れなさ〟をテーマに各地を旅し、物語を書いている。ダンサーや映像作家との共同制作や、記録や福祉に関わる公共施設やNPOなどとの協働による展覧会やワークショップの企画も行なっている。参加した主な展覧会に「ヨコハマトリエンナーレ2017」（横浜美術館・横浜赤レンガ倉庫、神奈川、2017年）、「第12回恵比寿映像祭」（東京都写真美術館、東京、2020年）など。単著に『あわいゆくころ　陸前高田、震災後を生きる』（晶文社）があり、同書が第7回鉄犬ヘテロトピア文学賞を受賞。文学ムック「ことばと」vol.2で初小説「押入れは洞窟」を発表した。

二重のまち／交代地のうた

2021年2月27日　第1版第1刷発行

著者　瀬尾夏美
発行者　田島安江
発行所　株式会社 書肆侃侃房（しょしかんかんぼう）
〒810-0041
福岡市中央区大名2-8-18-501
TEL 092-735-2802
FAX 092-735-2792
http://www.kankanbou.com
info@kankanbou.com

編集　田島安江・藤枝大
ブックデザイン　成原亜美（成原デザイン事務所）
印刷・製本　モリモト印刷株式会社

ISBN978-4-86385-449-9 C0095